時《じ》間《かん》割《わり》男《だん》子《し》⑮

あらたなる男子《だんし》、音楽《おんがく》くん!?

一《いち》ノ《の》瀬《せ》三《み》葉《よ》・作
榎《えのき》 のと・絵

角川つばさ文庫

もくじ

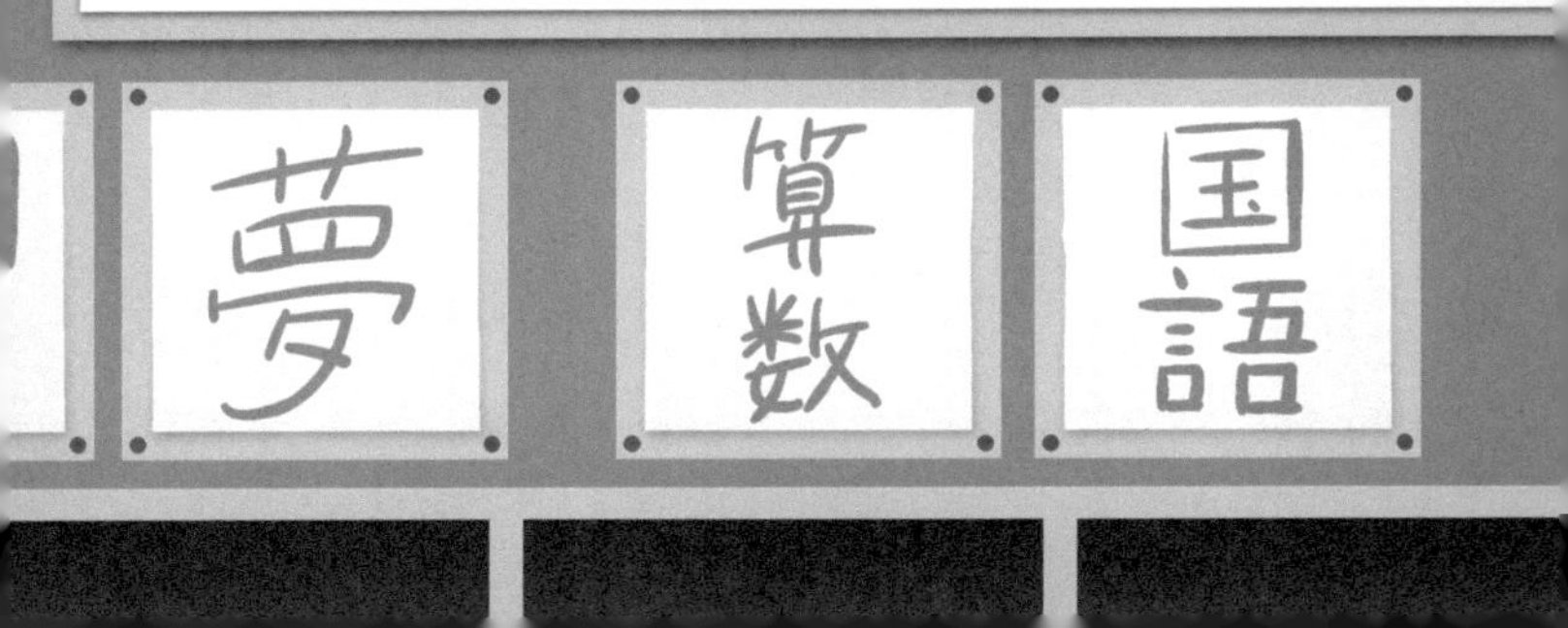
国語
算数
夢

人《じん》物《ぶつ》紹《しょう》介《かい》

科《か》目《もく》男《だん》子《し》＝円《まどか》の教《きょう》科《か》書《しょ》から生《う》まれた男《だん》子《し》たち！

名前《なまえ》　**花丸《はなまる》　円《まどか》**

小《しょう》6。努力《どりょく》しても、なかなか成績《せいせき》があがらないことが、なやみ。

名前《なまえ》　**算数《さんすう》ケイ**

小《しょう》6。算数《さんすう》の教科書《きょうかしょ》から生《う》まれた、言動《げんどう》が少《すこ》しきつめの男子《だんし》。

名前《なまえ》　**国語《こくご》カンジ**

小《しょう》6。国語《こくご》の教科書《きょうかしょ》から生《う》まれた、やさしくて頼《たよ》りになる男子《だんし》。

名前《なまえ》　**理科《りか》ヒカル**

小《しょう》6。理科《りか》の教科書《きょうかしょ》から生《う》まれた男子《だんし》。動物《どうぶつ》や植物《しょくぶつ》が大好《だいす》き。

名前《なまえ》 **社会《しゃかい》レキ**

小《しょう》6。社会《しゃかい》の教科書《きょうかしょ》から生《う》まれた男子《だんし》。
歴史《れきし》や地理《ちり》にくわしい。

名前《なまえ》 **エイト・イングリッシュ**

小《しょう》6。英語《えいご》の教科書《きょうかしょ》から生《う》まれた男子《だんし》。
川熊先生《かわくませんせい》の家《いえ》にホームステイしている。

ABC

名前《なまえ》 **音楽《おんがく》リツ**

音楽《おんがく》の教科書《きょうかしょ》から生《う》まれた、自信家《じしんか》な男子《だんし》。

?

名前《なまえ》 **???**

??の教科書《きょうかしょ》から生《う》まれた男子《だんし》……?

?

名前《なまえ》 **???**

??の教科書《きょうかしょ》から生《う》まれた男子《だんし》……?

?

名前《なまえ》 **???**

??の教科書《きょうかしょ》から生《う》まれた男子《だんし》……?

「——よそ見《み》しないで、オレだけを見《み》てろよ」

クイとあごを持《も》ち上《あ》げられた瞬間《しゅんかん》、息《いき》が止《と》まった。
華《はな》やかな顔立《かおだ》ちに、勝《か》ち気《き》な瞳《ひとみ》。強制的《きょうせいてき》に彼《かれ》の顔《かお》しか見《み》えなくされて。

「オレ様《さま》の言《い》ってることが、本気《ほんき》でわかんねーっつーなら……思《おも》い出《だ》すまでこうしてるか？」

どきどきどきどき
早鐘《はやがね》のようにスピードを上《あ》げる鼓動《こどう》。
頭《あたま》の中《なか》に、大混乱《だいこんらん》の嵐《あらし》がふきあれる。
な、なに!?
このオレ様男子《さまだんし》は、だれなの〜〜〜〜っ!?!?

1　二学期《がっき》スタート！

「ハイ、めしあがれ～！」

テーブルにドーンと置《お》かれたのは、バケツサイズの大《おお》きなプリン！

うっとりするような甘《あま》いかおりに、ぷるぷるのボディー。

ただながめてるだけでも、幸《しあわ》せがじわじわ～っとこみあげてくる。

はぁ～、本当《ほんとう》に最高《さいこう》のスイーツだよね～、プリンって！　考《かんが》えた人《ひと》、天才《てんさい》！　ありがとう！

「まるちゃん、一緒《いっしょ》に食《た》べよ～」

「みんなで食《た》べよ～」

ウサギやネコ、ちいさな動物《どうぶつ》たちが、わたしのまわりでぴょんぴょんとびはねる。

ウフフ、かわいいな～、もう♪

「そうだね、食《た》べよう！　いただきまーす！」

「じゃあ、まるちゃんの持《も》ち時間《じかん》は六十秒《びょう》ね！」

へ？　ろくじゅう？　な、なにが？

「カウントスタート！」

とつぜんしめされた、制限時間《せいげんじかん》。

そうかと思《おも》えば、目《め》の前《まえ》に「60」という巨大《きょだい》な数字《すうじ》があらわれて。

それが、「59」「58」と、カウントダウンするように減《へ》っていく。

「ま、待《ま》って！　六十秒以内《びょういない》に食《た》べろってこと!?」

あわててスプーンをにぎるけど……うっ、なんか頭《あたま》が痛《いた》くなってきた。

しかも数字《すうじ》のサイズ、どんどん大《おお》きくなってるし!?
30、29、28……。
このままだと、「28」に押《お》しつぶされる……っ！

「や、やめて〜〜〜〜っ！」

ガバッ
さけびながらとび起《お》きたわたしの前《まえ》にあるのは……**見《み》なれた部屋《へや》**。

本棚《ほんだな》にならぶお気《き》に入《い》りのマンガ。つかい古《ふる》した赤《あか》いランドセル。

勉強机《べんきょうづくえ》の棚《たな》におかれた動物《どうぶつ》のぬいぐるみたちは、とうぜん、しゃべったりはしない。

(夢《ゆめ》かぁ〜〜〜)

よかったぁ!

……けど、どうせ目《め》が覚《さ》めるなら、あのおっきいプリンを食《た》べたあとがよかったな〜。

なんてことをぼんやり考《かんが》えながら、「うーん」と、大《おお》きくのびをする。

わたし、**花丸円《はなまるまどか》**!

好《す》きなものはプリンで、苦手《にがて》なものは勉強《べんきょう》(とくに算数《さんすう》)の、フツーの小学校《しょうがっこう》六年生《ねんせい》。

そう、わたしはフツーの、**すごーくフツー**な女《おんな》

の子《こ》だ。

……そのはず、なんだけど。

今《いま》はちょっと、いろいろフクザツな事情《じじょう》があって……。

(夢《ゆめ》に出《で》てきたあの数字《すうじ》って……うぅ……**あんまり考《かんが》えたくないなぁ……**)

すっきりしない気持《きも》ちで目《め》をこすりながら、のろのろと着替《きが》えて部屋《へや》を出《で》る。

今日《きょう》から新学期《しんがっき》だし……夏休《なつやす》み気分《きぶん》から切《き》りかえて、がんばらないと。

「♪～プリンは～、世界一《せかいいち》のごちそう～、ランララーン♪」

気分《きぶん》を上《あ》げるために、思《おも》いつきの歌《うた》をうたいつつ階段《かいだん》を下《お》りる。

とりあえず顔《かお》を洗《あら》って……。

「おはようございます、まどかさん」

「わぁっ!?」

ふいに声《こえ》をかけられて、ビクッととびあがった。

「あっ、お、おはよう、カンジくん！」

洗面所《せんめんじょ》につづく廊下《ろうか》でほほえむ男《おとこ》の子《こ》――**国語《こくご》カンジ**くん。

きちんと整《ととの》えられたサラサラの黒髪《くろかみ》に、同《おな》い年《どし》とは思《おも》えない落《お》ちついた雰囲気《ふんいき》。

しかも、彼《かれ》の手《て》にあるのは**雑巾**《ぞうきん》で……朝《あさ》から、お掃除《そうじ》してくれてたんだ！

（ううっ、は、はずかしい……！）

寝起《ねお》きの顔《かお》、まるごとかくしたい！

両手《りょうて》で髪《かみ》をなでつけながら下《した》をむいていると、カンジくんは気《き》をつかってくれたのか、そっと目線《めせん》をはずして「どうぞ」と道《みち》をあけてくれる。

「あ、ありがとう……！」

体《からだ》をちぢめつつ、いそいそと洗面所《せんめんじょ》へむかおうとしたら。

「……やった。今朝《けさ》は、**俺**《おれ》**がいちばんに会**《あ》**えた**」

すれちがいざまに聞《き》こえた、ちいさな声《こえ》。

（えっ……）

ドキッとしてふりかえろうとした、そのとき。

ガラッ
とつぜん、洗面所《せんめんじょ》の奥《おく》にあるお風呂《ふろ》のドアがひらいた。

「おっはよ〜、まるちゃん！」

ドアのむこうからあらわれたのは、背《せ》の高《たか》いおしゃれ男子《だんし》——**社会**《しゃかい》**レキ**くん。

さわやかに笑《わら》いながら、手《て》に持《も》っていたスポンジを片《かた》づけて……ってことは、**レキくんもお掃除《そうじ》を!?**

あわわわ。わたしもモタモタしてないで、お手《て》伝《つだ》いしなきゃ！

「おはよう、レキくん！　ちょっと待《ま》って、まだ顔《かお》を洗《あら》ってなくて……」

「そうだったの？　**今日《きょう》も世界一《せかいいち》かわいいな〜っ**て見《み》とれてたとこなんだけど」

「ええっ？」

のけぞって動揺《どうよう》するわたしに、レキくんはゆうゆうとポケットに手《て》を入《い》れて。

「キミの朝《あさ》イチの笑顔《えがお》、おれがひとりじめしちゃってもいい？」

ニッと、キザっぽい笑《え》み。

（わ〜〜〜っ!!）

か、かっこいい！　雑誌《ざっし》のモデルみたいなポーズも様《さま》になってて、文句《もんく》のつけようがないくらい。

かっこいい……**んだけど！**

レキくんのチャラい言動《げんどう》にいちいちドキドキしてたら、身《み》が持《も》たないよ！

目《め》を泳《およ》がせて下《した》をむいたのと同時《どうじ》に、「わっ!?」と声《こえ》が出《で》る。

「わ〜、**レッキートンネル**だぁ」

レキくんの足《あし》の間《あいだ》から、ぴょこっと顔《かお》を出《だ》す、フワフワ髪《がみ》の男《おとこ》の子《こ》——**理科《りか》ヒカル**くん。

むじゃきに笑《わら》うその肩《かた》には、相棒《あいぼう》のカメレオン、カッちゃんもいる。

「ちょっ、ヒカル！　せっかくのイケメンポーズが、ギャグみたいになっちゃうじゃん！」

「だって、レッキーだけずるいもーん」

ちょっぴりむくれて言《い》うと、ヒカルくんは四つんばいでレキくんの足《あし》の間《あいだ》をとおりぬけて……。

「まるまるをひとりじめしたいって思《おも》ってるのは、レッキーだけじゃないんだからね」

ぴょんと身軽《みがる》に立《た》ち上《あ》がり、わたしの顔《かお》をのぞきこむ。

「おはよう、まるまる」

（わわっ！）

とまどうくらいの至近距離《しきんきょり》。

大《おお》きなその目《め》に見《み》つめられると、おもわず息《いき》が止《と》まってしまう。

「お、おはよう……！」

どぎまぎして体《からだ》をかたくするわたしの目《め》を、じーっとしばらく見《み》つめたあと。

ヒカルくんは、パッといつもの笑顔《えがお》にもどる。

「あ！　トーストのにおいがする！」

言《い》うなり、あっというまに洗面所《せんめんじょ》をとびだしていってしまった。

つづいてレキくんも、「まるちゃんは、ゆっくりでいいからね～」とやさしく笑《わら》って、洗面所《せんめんじょ》をあとにした。

（と、とりあえず、落《お》ちつこう……）

ようやくひとりになって、ふーっと息《いき》をつく。

まだ、心臓《しんぞう》がドクドク暴《あば》れてるよ。**顔《かお》もなんだか熱《あつ》いし………。**

（………あっ）

鏡《かがみ》の中《なか》の自分《じぶん》と目《め》があった瞬間《しゅんかん》、ギョッとする。

そこに映《うつ》っているのは、**リンゴみたいに真《ま》っ赤《か》な顔《かお》で**――。

（う、**うわ～～～っ！**）

なんて顔《かお》してるの、わたし！

ほてった頭《あたま》をリセットするため、つめたい水《みず》で、ザバザバいきおいよく顔《かお》を洗《あら》った。


彼《かれ》らは、**科目男子《かもくだんし》**。

わたしの教科書《きょうかしょ》が人間《にんげん》の姿《すがた》になった男《おとこ》の子《こ》たちなんだ。

去年《きょねん》の夏《なつ》に、とつぜん死《し》んじゃったママがわたしを心配《しんぱい》する気持《きも》ちと、教科書《きょうかしょ》に宿《やど》った魂《たましい》が共鳴《きょうめい》して生《う》まれたのが、科目男子《かもくだんし》なんだって。

しかも、**みんなの寿命《じゅみょう》はわたしのテストの点数《てんすう》で決《き》まっちゃう**っていうんだから、もう大変《たいへん》！

勉強《べんきょう》が超苦手《ちょうにがて》なわたしの成績《せいせき》を上《あ》げるため、住《す》みこみで勉強《べんきょう》を教《おし》えてくれることになったの。

とはいえ、かっこいい男子《だんし》たちとの共同生活《きょうどうせいかつ》には……やっぱり、いつまでたっても慣《な》れないけど！

「おはよう！　おばあちゃんごめんね、わたしもお手伝《てつだ》いを……」

言《い》いながら居間《いま》に入《はい》ると、キッチンに立《た》つおばあちゃん――じゃなくて、亜麻色《あまいろ》の髪《かみ》の男《おとこ》の子《こ》がこちらをふりかえった。

「Good morning《グッドモーニング》, Madoka《マドカ》.（おはよう、マドカ）」

「わぁ！　エイトくん!?」

彼《かれ》は、**エイト・イングリッシュ**くん。

六年生《ねんせい》になってから出会《であ》った英語《えいご》の科目男子《かもくだんし》で、この家《いえ》じゃなくて、担任《たんにん》の川熊先生《かわくませんせい》の家《いえ》にホームステイしてるんだ。

だから、エイトくんが朝《あさ》キッチンに立《た》っているなんて、まったく予想外《よそうがい》のできごとなの。

しかも、きちんとしたシャツの上《うえ》に、エプロンまでして……**笑顔《えがお》がまぶしい！**

「ぐ、ぐっもーにん、エイトくん。今日《きょう》は……どうしたの？」

エイトくんは作業《さぎょう》の手《て》を止《と》めて、ポケットから翻訳機《ほんやくき》をとりだす。

「Surprised?《サプライズド》　I《アイ》 kept《ケプト》 it《イット》 a《ア》 secret《シークレット》 because《ビコーズ》 I《アイ》 wanted《ウォンテイド》 to《トゥ》 surprise《サプライズ》 you.《ユー》」

『おどろいた？　キミをおどろかせたくて、ナイショにしてたんだ』

彼《かれ》が英語《えいご》で話《はな》したあと、すぐに機械《きかい》から日本語《にほんご》の音声《おんせい》が聞《き》こえる。

英語《えいご》が苦手《にがて》なわたしのために、いつもこうやってお話《はな》ししてくれるんだ。

『今日《きょう》から新学期《しんがっき》だから、朝食《ちょうしょく》を一緒《いっしょ》にどうかって、小梅《こうめ》さんがさそってくれてね』

小梅《こうめ》さんっていうのは、わたしのおばあちゃんのこと。

わたしが視線《しせん》をむけると、エイトくんのむこうで冷蔵庫《れいぞうこ》をごそごそしているおばあちゃんが、こっちを見《み》てパチリとウインクした。

『今朝《けさ》はイギリス式《しき》の朝食《ちょうしょく》、「full breakfast《フル ブレックファスト》」をつくったよ』

「ふる、ぶれ……？」

『イギリスの伝統的《でんとうてき》な朝《あさ》ごはん。地域《ちいき》や家庭《かてい》によっていろんなパターンがあるけど、今日《きょう》は目玉《めだま》焼《や》きと焼《や》きトマト、ベーコン、トーストを用意《ようい》してみた。これを一枚《まい》のお皿《さら》にのせて食《た》べるんだ』

「わ〜！　おいしそう!!」

部屋中《へやじゅう》にただよう、こうばしい香《かお》り。

キラキラした朝《あさ》ごはんのプレートを前《まえ》に大《おお》はしゃぎしかけて、「あ」と動《うご》きを止《と》める。

「でも、ごめんね。わたしも、もっと早起《はやお》きして手伝《てつだ》えてたら……」

『いいんだ。**オレがしたくてやったんだから**』

エイトくんはにこりと上品《じょうひん》にほほえんで、そっとわたしの手《て》をとる。

『一日《いちにち》のはじまりの時間《じかん》を大切《たいせつ》な人《ひと》とともにすごせる。**オレにとって、こんなぜいたくなことはないよ、マドカ**』

すいこまれそうになるくらい、**澄《す》んだ瞳《ひとみ》**。

彼《かれ》がつたえてくれるストレートな言葉《ことば》が、とてもうれしくて。

だけど同時《どうじ》に、ちょっとくすぐったくて、ソワソワしちゃう。

「わ、わたし、フォークとか準備《じゅんび》するね…………って、**わあっ!?**」

ふりかえった瞬間《しゅんかん》、目《め》の前《まえ》にドーンとあらわれたのは、ツンツン髪《がみ》の男子《だんし》。

「…………」

算数《さんすう》の教科書《きょうかしょ》の科目男子《かもくだんし》、**ケイ**が、居間《いま》の入《い》り口《ぐち》のところに無表情《むひょうじょう》で立《た》っていた。

「…………」

無言《むごん》でわたしの顔《かお》をじっと見《み》つめるケイ。

いつもの十倍《ばい》くらい目《め》つきが悪《わる》いのは、ケイが、
すごーく朝《あさ》に弱《よわ》いから……のはず。

「……な、**なに？**」

身《み》がまえつつたずねるけど、返事《へんじ》はない。

なんか怒《おこ》ってる？　あ、昨日《きのう》の算数《さんすう》のプリント、
ぜんぜん解《と》けなかったから……？

（……ん？　ちょっと待《ま》って）

まじまじとその顔《かお》を観察《かんさつ》して、ハッと気《き》づく。

もしかして、これ……**まだ寝《ね》てるんじゃ……？**

「おー、ケイ！　ようやく起《お》きたか」

明《あか》るく声《こえ》をかけるレキくん。

「やったぞ……そうじ………」

ブツブツとこたえるケイが右手《みぎて》にかかげるのは、

「**祭**《まつり》」と書《か》かれたうちわ。

「ありゃ。まだ寝《ね》ぼけてるね～、ケイくん」

「まずは顔《かお》を洗《あら》ってきたらどうでしょう、ケイ」

『目《め》が覚《さ》めたら、飲《の》みものの準備《じゅんび》をたのめるかな』

みんなの言葉《ことば》に、ケイはますます顔《かお》をしかめながら、ボソッと言《い》った。

「……オレは、**おき、てる**…………**グゥ**」

2　嵐《あらし》を呼《よ》ぶ転校生《てんこうせい》!?

科目男子《かもくだんし》たちとの生活《せいかつ》も、かれこれ、もう一年《ねん》になる。

みんなとの毎日《まいにち》はにぎやかで、はちゃめちゃで。

でも、**すーっごく楽《たの》しい！**

もう、みんながいない生活《せいかつ》なんて考《かんが》えられないくらい。

五人《にん》はわたしにとって**家族《かぞく》**みたいな、かけがえのない存在《そんざい》なんだ。

「いや〜、終《お》わっちゃったな〜、**夏休《なつやす》み**」

セミの鳴《な》き声《ごえ》がひびく通学路《つうがくろ》を歩《ある》きながら、レキくんがしみじみと言《い》った。

「うん。あっというまだったね」

わたしもうなずきながら、緑《みどり》の濃《こ》い木々《きぎ》を見上《みあ》げる。

ふりかえると、**いろんなことがあった夏休《なつやす》みだった。**

夏休《なつやす》みがはじまってすぐ、みんなで**サマーキャンプ**に行《い》けたのは、いい思《おも》い出《で》になったなぁ。

あと、大学《だいがく》の「**オープンキャンパス**」ってイベントにも行《い》ったんだよ！

それからそれから、みんながサプライズでお祝《いわ》いしてくれた、**わたしの誕生日《たんじょうび》！**

おっきいケーキと、手作《てづく》りのプリンがデザートでね。

それがもう、天《てん》にものぼるほどおいしくって！

あ～、また食《た》べたくなってきた！　**はやく来年《らいねん》の誕生日《たんじょうび》にならないかな～～ルンルン♪**

「おい、まどか！　**現実逃避《げんじつとうひ》**するな！」

遠《とお》い目《め》をして妄想《もうそう》の世界《せかい》にとびこもうとしてたら、ケイのするどい声《こえ》に引《ひ》きもどされた。

すっかり目《め》が覚《さ》めたケイは、寝起《ねお》きとは別人《べつじん》のように、ズバズバと言葉《ことば》を投《な》げつづける。

「**わかってるのか？**　今日《きょう》からはじまる二学期《がっき》が、オレたちにとってどういう意味《いみ》をもつのか。

ここから先《さき》は、**ほんの一瞬《いっしゅん》の気《き》のゆるみもゆるされないってことを！**」

「そ、それは、**わかってるけど……**」

「いーや、わかってない！　ここ一週間《しゅうかん》でやった各科目《かくかもく》の確認《かくにん》テストの結果《けっか》を言《い》ってみろ。平均《へいきん》二十五点《てん》だ、**二十五点《てん》！**　このままじゃ**期限《きげん》の二十八日後《にちご》に、全員死《ぜんいんし》ぬぞ!?**」

「ううっ……」

ようしゃなくとんでくる厳《きび》しい言葉《ことば》に、頭《あたま》をかかえる。

ケイの言《い》いたいことはわかるし、**きっと正《ただ》しい。**

でも……現実逃避《げんじつとうひ》くらいしたくもなるよ。

だって、「自分《じぶん》の命《いのち》があと二十八日《にち》で終《お》わっちゃう」だなんて……そんなおそろしい現実《げんじつ》、
目《め》をそらしたくなってもしょうがないよね!?

考《かんが》えたくなくても考《かんが》えちゃって、今朝《けさ》も、あんな夢見《ゆめみ》ちゃったし……。

(はぁ……まだ、ぜんぜん実感《じっかん》わかないなぁ……)

ため息《いき》をつきながら、シュンと足元《あしもと》へ目《め》を落《お》とす。

もともとは、わたしのテストの点数《てんすう》で寿命《じゅみょう》が決《き》まるのは、**科目男子《かもくだんし》たちだけ**だった。

いつ消《き》えてしまうかわからない不安定《ふあんてい》な存在《そんざい》……その現実《げんじつ》を変《か》えたくて、みんなが本物《ほんもの》の人間《にんげん》になる方法《ほうほう》を、ずっとさがしつづけてきたの。

そして、この夏休《なつやす》みでようやくたどりついた、その方法《ほうほう》とは——。

——**わたしが、テストで百点《てん》をとること。**

だけど……ゴールがわかってよろこんでいられたのは、ほんの一瞬《いっしゅん》で。

同時《どうじ》に、**わたしの命《いのち》までカウントダウンがスタートしちゃって……。**

みんなとずっと一緒《いっしょ》にいるって夢《ゆめ》をかなえるために、どんな試練《しれん》にも立《た》ちむかうって覚悟《かくご》を決《き》めた。それについてはまちがいなく、自分《じぶん》で決《き》めたんだ。

でも…………まさか、**テストの結果《けっか》によって死《し》ぬかもしれない体《からだ》になるなんて、思《おも》わないじゃん!?**

(はぁ……あと、**「二十八日《にち》」**か………)

ふたたび、深《ふか》いため息《いき》がもれる。

頭《あたま》の中《なか》でとつぜん見《み》えるようになってしまった、**赤《あか》い数字《すうじ》**。これが**わたしの寿命《じゅみょう》**らしい。

はじめは「60」だったのに、夏休《なつやす》みの間《あいだ》に、もう「28」まで減《へ》ってしまった。

この数字《すうじ》を更新《こうしん》するには、学校《がっこう》とかみんなが受《う》けるような大《おお》きなテストで、**過去最高得点《かこさいこうとくてん》**——

「六十点《てん》」以上《いじょう》をとらないといけないみたいなんだ。

だけどさ……。

ほんの一年前《ねんまえ》まで**全科目赤点《ぜんかもくあかてん》**だったわたしにとって、その目標《もくひょう》は、**とてつもなく高《たか》い壁《かべ》**なんだよ……っ!

「けどさー、ケイ。まるちゃん、この夏休《なつやす》み**スゲーがんばってた**じゃん」

落《お》ちこむわたしを、レキくんがやさしくフォローしてくれる。

『そうだね。マドカはケイの立《た》てたスケジュールを、きっちりこなしてた』

「ええ。学校《がっこう》の宿題《しゅくだい》との両立《りょうりつ》も、しっかりされていましたし」

「あんまり無理《むり》すると、まるまる体調《たいちょう》くずしちゃうよ」

口々《くちぐち》に言《い》う男子《だんし》たちの言葉《ことば》を受《う》けて、ケイが眉《まゆ》をくもらせる。

「問題《もんだい》は、**まさにそこ**だ」

え……？　どういうこと？

「オレが立《た》てたスケジュールは完《かん》ぺきのはずだ。にもかかわらず、**いまいち成績《せいせき》がのびずにいる**……本番《ほんばん》の**実力《じつりょく》テスト**までにこの壁《かべ》を乗《の》りこえられないと、**マズいぞ**」

ごくりとつばをのみこむ。

実力《じつりょく》テストは、九月《がつ》の中旬《ちゅうじゅん》にある、**一学期《がっき》のふりかえりのテスト**。

そこで、五科目《かもく》のうちどれかで最高得点《さいこうとくてん》をとって寿命《じゅみょう》を更新《こうしん》できなければ、つぎの大《おお》きなテストを待《ま》たずにタイムリミットがきてしまう。

つまり、**わたしの人生《じんせい》も、男子《だんし》たちの命《いのち》も終了《しゅうりょう》………。**

うぅ、こわすぎる！

「とにかく**六十点以上《てんいじょう》とるしかない**。オレたち全員《ぜんいん》で力《ちから》をあわせて、ピンチを乗《の》りこえるぞ！」

力強《ちからづよ》いケイの言葉《ことば》。ほかの四人《にん》の男子《だんし》も、真剣《しんけん》にうなずきあう。

（大丈夫《だいじょうぶ》……みんなと一緒《いっしょ》なら……！）

わたしは不安《ふあん》をふりはらうように、ギュッとこぶしをかためた。


「おはよう～、優《ゆう》ちゃん！　和佐《かずさ》ちゃん！」

六年《ねん》一組《くみ》の教室《きょうしつ》にとびこんであいさつすると、窓際《まどぎわ》にいたふたりの女《おんな》の子《こ》が、くるっとこちらをむいた。

「まる！」「まるちゃーーん！」

三人《にん》でギューッとだきあう。

仲《なか》よしの優《ゆう》ちゃんと、和佐《かずさ》ちゃん。

夏休《なつやす》みのあいだはそれぞれ予定《よてい》があって会《あ》えなかったから、本当《ほんとう》にひさしぶり！

「ふたりとも元気《げんき》そうでうれしい！　会《あ》いたかったよ～っ！」

大好《だいす》きな友《とも》だちの顔《かお》を見《み》たらなんだかホッとして、頭《あたま》の中《なか》をうめつくしていた寿命《じゅみょう》だとかテストだとかの心配《しんぱい》ごとが、薄《うす》らいでいく。

「和佐《かずさ》と夏休《なつやす》みの話《はなし》をしていたの、まるはなにをしてた？」

「わたしはサマーキャンプと、大学《だいがく》のオープンキャンパスに行《い》ったよ！　あとは勉強《べんきょう》をがんばってたかなぁ……ふたりは？」

「私《わたし》は映画《えいが》をたくさん観《み》ました。あとは、おばあちゃんの家《いえ》に遊《あそ》びに行《い》ったり、習《なら》い事《ごと》に行《い》ったりですかね。あ、自由研究《じゆうけんきゅう》で天体観測《てんたいかんそく》をしたのも楽《たの》しかったです！」

メガネに手《て》をやりながら、はつらつと笑《わら》う和佐《かずさ》ちゃん。

つづけて、優《ゆう》ちゃんがこたえる。

「私《わたし》は、夏期講習《かきこうしゅう》で毎日塾《まいにちじゅく》にこもりっきりよ。あ、でも塾《じゅく》の合宿《がっしゅく》の最終日《さいしゅうび》にみんなで花火《はなび》ができたのは、すごく楽《たの》しい思《おも》い出《で》になったわ」

「へ～！　塾《じゅく》って合宿《がっしゅく》とかもあるんだ！」

優《ゆう》ちゃんは、むずかしい私立《しりつ》の中学《ちゅうがく》をめざしてるんだ。

もともと成績優秀《せいせきゆうしゅう》で運動神経《うんどうしんけい》バツグン、なんでもできちゃう優等生《ゆうとうせい》の優《ゆう》ちゃん。

そんな優《ゆう》ちゃんが、目標《もくひょう》にむかって真剣《しんけん》に勉強《べんきょう》に取《と》り組《く》んでいる姿《すがた》を見《み》ると、すごく勇気《ゆうき》づけられる。

わたしも、がんばらないと！

心《こころ》の中《なか》であらためて自分《じぶん》に気合《きあ》いをいれてたら、ふいにうしろから「ねぇねぇねぇ！」とにぎやかな声《こえ》が聞《き》こえてきた。

「やばくない？　昨日《きのう》の『スタボ』！」

「超《ちょう》よかったよね〜！」

エリリンとナナリン。恋《こい》バナとイケメンの話《はなし》が大好《だいす》きな、エリナナコンビだ。

ふたりはいつも以上《いじょう》にテンション高《たか》く、目《め》をかがやかせている。

「すたぼ？」

なにそれ？

ピンとこない単語《たんご》に、首《くび》をひねる。

スケボーの仲間《なかま》？　それとも、**「スタミナ・ぼたもち」**の略《りゃく》……？

「『**スター・ボックス**』ですよね、**オーディション番組《ばんぐみ》の**」

和佐《かずさ》ちゃんがこたえると、エリナナは声《こえ》をそろえて「そーそー！」と、うれしそうに笑《わら》う。

ふたりの話《はなし》によると、「スタボ」は週《しゅう》一回《かい》、テレビと動画《どうが》サイトで同時配信《どうじはいしん》される、**超人気《ちょうにんき》オ**

ーディション番組《ばんぐみ》。

ミュージシャンや俳優《はいゆう》、ダンサー、アイドルなど、プロを夢見《ゆめみ》る人《ひと》たちがあつまって、デビューをかけたサバイバルバトルに挑戦《ちょうせん》していくっていう内容《ないよう》なんだって。

いろいろな課題《かだい》を突破《とっぱ》して、最後《さいご》までのこった人《ひと》は、デビュー決定《けってい》！

その番組《ばんぐみ》から芸能界《げいのうかい》へはばたいた人《ひと》は、みんな人気《にんき》スターになっているらしい。

「夏休《なつやす》み中《ちゅう》にはじまった『ミュージシャン』カテゴリーの新《しん》シーズン、すごく話題《わだい》になってますよね」

「そう！　エリね～、もう推《お》し決《き》まってるの！」

「私《わたし》も！　あのド派手《はで》な髪《かみ》に挑戦的《ちょうせんてき》な目《め》！　かっこよすぎる～っ！」

ワイワイと話《はな》す和佐《かずさ》ちゃんとエリナナコンビ。

わたしは目《め》をぱちくりさせながら、優《ゆう》ちゃんと顔《かお》を見《み》あわせる。

「私《わたし》、最近《さいきん》テレビはあまり見《み》られてなくて……」

「そうだよね。優《ゆう》ちゃん、勉強《べんきょう》がんばってるんだもん」

わたしはもともと、芸能人《げいのうじん》とかのことには、ちょっとうといんだ。

マンガを読《よ》んだりアニメを見《み》たりするのは好《す》きだけど、イケメンの話《はなし》とか恋《こい》バナとかは、ピンとこなくて……。

苦笑《にがわら》いしながらほおをポリポリしてたら、またうしろから声《こえ》が聞《き》こえる。

「あ！　**ＲＩＴＳＵ**《リツ》の話《はなし》してる!?」

あつまってきたのは、**サヤカちゃん**たち、おしゃれ好《ず》きグループの女《おんな》の子《こ》たち。

「プロフィールは非公開《ひこうかい》。ナゾにつつまれた**イケメンギタリスト！**」

「ＲＩＴＳＵ《リツ》って何歳《なんさい》くらいなんだろうね？　十代《だい》なのはまちがいなさそうだけど」

「意外《いがい》と**うちらと同《おな》い年《どし》かも!?**」「えーっ!?」

（りつ？　って人《ひと》が、**人気《にんき》**なのかな……？）

盛《も》り上《あ》がるみんなの輪《わ》のはじっこでボーッとしてたら、近《ちか》くにいる男子《だんし》グループたちからも、「スタボのさー」「見《み》た見《み》た！　ＲＩＴＳＵ《リツ》のギターテクやばいよな！」と、同《おな》じような話《はなし》をしてるのが聞《き》こえてくる。

きょとんとしてるのは、わたしと優《ゆう》ちゃんくらいだ。

「なんだか、みんなからとりのこされてしまったような気分《きぶん》だわ……」

長《なが》い髪《かみ》に手《て》をやりながら、ぽつりとつぶやいた優《ゆう》ちゃん。

さみしげな横顔《よこがお》が気《き》になって、どう声《こえ》をかけたらいいのか考《かんが》えていた――**そのときだった。**

キュイ――――ン！

空《そら》をつきさすような、鋭《するど》い音《おと》。

（えっ、なに!?）

おどろいて音《おと》の聞《き》こえたほう――窓《まど》の外《そと》を見《み》る。

まず目《め》に入《はい》ったのは、青空《あおぞら》の下《した》に映《は》える、真《ま》っ赤《か》なエレキギター。

そのギターを肩《かた》からさげているのは、派手《はで》な髪色《かみいろ》の男《おとこ》の子《こ》だ。

校庭《こうてい》の朝礼台《ちょうれいだい》にひとりで立《た》つその姿《すがた》は、まるで砂漠《さばく》に咲《さ》く一輪《りん》の花《はな》のように、あざやかな存在《そんざい》感《かん》をはなっている。

「えっ、待《ま》って！」

「おっ、おい、あれ……！」

近《ちか》くにいた子《こ》たちが息《いき》をのむように言《い》ったのと同時《どうじ》に、こんどは、ジャカジャカと跳《は》ねるような明《あか》るいメロディーが大音量《だいおんりょう》でひびきだす。

めまぐるしくうごく指《ゆび》に、はずむ音《おと》。

激《はげ》しくふりみだれる髪《かみ》の毛《け》さえも、この演奏《えんそう》の一部分《いちぶぶん》かのようで。

まるで大《おお》きな渦《うず》に巻《ま》きこまれていくように、全身《ぜんしん》の意識《いしき》が、彼《かれ》の奏《かな》でる音楽《おんがく》に集中《しゅうちゅう》していく。

「わぁ……！」

おもわず見入《みい》っていたら、まわりから「キャー！」と黄色《きいろ》い声《こえ》があがった。

「あれ、RITSU《リツ》だよね？　スタボの！」

「そうだよ、ぜったいそう！　**なんでうちの学校《がっこう》にいるの!?**」

えっ、スタボの……って、さっきみんなが話《はな》してた？

おどろいて目《め》をこらした瞬間《しゅんかん》、演奏《えんそう》を終《お》えた彼《かれ》が、パッとこちらを見上《みあ》げた。

また、キャーッとあがる悲鳴《ひめい》。

つよい意志《いし》を持《も》ったその目《め》は、まっすぐ、一か所《しょ》を見《み》すえて………。

(えっ……ちょっと待《ま》って)

なんかこっちのほう見《み》てる……っていうか…………わたし？

もしかして目《め》があってる？　え、**あってるよね？　なんで？**

とまどうわたしをその目《め》にとらえたまま、彼《かれ》は、ふたたびギターを「ジャーン！」とかきならし——片腕《かたうで》を、ビシッと天《てん》へつきあげた。

「――待《ま》たせたな、まどち！
オレ様《さま》がむかえに来《き》たぜ！」

3　あらたな科目男子《かもくだんし》、あらわる！

嵐《あらし》のようにあらわれたド派手男子《はでだんし》は、またたく間《ま》に学校中《がっこうじゅう》の話題《わだい》の中心《ちゅうしん》になった。

「リツくん、二組《くみ》だって！」「いいな〜！」

「まさか、うちの学校《がっこう》に有名人《ゆうめいじん》が来《く》るなんてな！」

「あとでサインもらいに行《い》こうぜ！」

女子《じょし》も男子《だんし》も、しっちゃかめっちゃかの大《おお》さわぎ。

今《いま》ちょうど、始業式《しぎょうしき》が終《お》わって教室《きょうしつ》にもどってきたところなんだけど。

例《れい》の男子《だんし》――リツくんは、あの朝礼台《ちょうれいだい》でのさわぎのあと職員室《しょくいんしつ》につれていかれて、始業式《しぎょうしき》には参加《さんか》していなかったみたい。

でも、早耳《はやみみ》な子《こ》たちから情報《じょうほう》が広《ひろ》まって、「六年《ねん》二組《くみ》の転校生《てんこうせい》」ってことは、わたしにもつたわってきた。

「ねぇ、まるちゃん、**リツくんと知《し》り合《あ》いなの!?**」

「へ?」

「さっきこっち見て『**まどち**』って言《い》ってたじゃん! あれ、まるちゃんのことじゃない?」

「いやぁ、人《ひと》ちがいじゃないかな……?」

たしかに、ちょっと目《め》があってるような気《き》もしたけど……あの子《こ》のことは、本当《ほんとう》にさっきはじめて見《み》たもん。

だいたい、自分《じぶん》で言《い》うのもなんだけど、わたしはごくフツーの小学生《しょうがくせい》。

科目男子《かもくだんし》と一緒《いっしょ》にいることをのぞけば、本当《ほんとう》に平凡《へいぼん》な女《おんな》の子《こ》だ。

あんなド派手《はで》な有名人《ゆうめいじん》の知《し》り合《あ》いが、いるわけないよ。

(でも、二組《くみ》って……**ケイと同《おな》じクラスだよね**)

……ケイか。うーん。

勝手《かって》な想像《そうぞう》だけど、**ケイとはあんまり相性《あいしょう》よくなさそうかも……**。

なんて考《かんが》えていたら、廊下《ろうか》のほうから「おい」と声《こえ》が聞《き》こえた。

うわさをすれば、ケイが、しかめっつらでこっちを見《み》てる。

心《こころ》なしか、眉間《みけん》のしわが、いつも以上《いじょう》にけわしいような。

「まどか、来《こ》い。カンジとエイトもだ」

つっけんどんに言《い》って、さっさと歩《ある》きだすケイ。

なにかあったのかな？

わたしは同《おな》じクラスのカンジくんとエイトくんと目《め》をあわせると、一緒《いっしょ》に教室《きょうしつ》を出《で》た。

ケイにつれられて来《き》たのは、廊下《ろうか》のつきあたりにある北階段《きたかいだん》。

日当《ひあ》たりがよくなくて、朝《あさ》でもすこしうすぐらいからか、みんなあんまりつかわない場所《ばしょ》なんだけど……。

「よォ、まどち！」

明《あか》るい声《こえ》とともにパッと目《め》にとびこんできた、あざやかな色《いろ》。

「あっ！」

話題《わだい》の、ド派手《はで》ギター男子《だんし》！

二組《くみ》の転校生《てんこうせい》――リツくんは、ニッとやんちゃそうな笑《え》みを浮《う》かべながら、階段《かいだん》の三段目《だんめ》あたりに腰《こし》かけていた。

近《ちか》くには、レキくんとヒカルくんの姿《すがた》もある。

ふたりもケイに呼《よ》ばれて来《き》たみたいで、とまどったような表情《ひょうじょう》でリツくんのことを見《み》ている。

(それにしても……本当《ほんとう》に、目立《めだ》つ見《み》た目《め》だよね)

近《ちか》くで見《み》ると、その姿《すがた》にあらためてビックリする。

水色《みずいろ》の髪《かみ》は、メッシュが入《はい》ってたりピンでとめてたりと、おしゃれにセットされてて。

服《ふく》は、左右《さゆう》で丈《たけ》のちがうパンツが目《め》を引《ひ》く、青系《あおけい》のファッション。

さらに首《くび》や腰《こし》には、アクセサリーが、じゃらじゃらと身《み》につけられている。

すごく個性的《こせいてき》で似合《にあ》ってるけど……**こんな小学生《しょうがくせい》、見《み》たことない**。

さすが、テレビに出《で》るような人《ひと》はちがうなぁ……。

まじまじと見《み》てたら、リツくんが「あーあ」とため息《いき》をもらした。

「まったくガッカリだよなー。ギターは没収《ぼっしゅう》されるし、まどちとはちがうクラスになるしよー。

ま、オレは障害《しょうがい》が多《おお》いほうが燃《も》えるタイプだけど？」

「え？　ちょ、**ちょっと待《ま》って**」

まどち、っていうの……**やっぱわたしのこと言《い》ってるよね？**

「あなたは、なんでわたしのこと知《し》ってるの？　初対面《しょたいめん》……だよね？」

「初対面《しょたいめん》？」

リツくんの眉《まゆ》がぴくりとうごく。
それと同時《どうじ》に――彼《かれ》はとつぜん立《た》ち上《あ》がって、ひょいと階段《かいだん》からとびおりた。
すとんと着地《ちゃくち》したのは、わたしの目《め》の前《まえ》。
「こたえは『ノー』だ」
わっ………。
射《い》ぬくような、**まっすぐな瞳《ひとみ》**。
まなじりがすこし上《あ》がった**切《き》れ長《なが》の**目《め》に、スッととおった**鼻筋《はなすじ》**。
間近《まぢか》で見《み》ると、顔《かお》のパーツひとつひとつが見《み》とれてしまうほど整《ととの》っていて。
心臓《しんぞう》をつかまれたみたいに、**息《いき》ができなくなる**。
「マジでわかんねーの、オレのこと」
わ、**わかりませんけど……っ!?**
目《め》を泳《およ》がせまくってたら、ふいに、あごをクイとつかまれた。

「――よそ見《み》しないで、オレだけを見《み》てろよ」

すこしカサついた、**ささやき声《ごえ》**。

「オレ様《さま》の言《い》ってることが、本気《ほんき》でわかんねーっつーなら……**思《おも》い出《だ》すまでこうしてるか？**」

すこしずつ、彼《かれ》の顔《かお》が近《ちか》づいてきて――、

（え？　え？　え？）

頭《あたま》がまっしろになって、体《からだ》がぴくりともうごかせない。

ドクドクドクドク、鼓動《こどう》だけ、ぐんぐんスピードを上《あ》げていく。

な、**なになになに!?!?**

もう、なんなの〜〜〜〜!?

「「「「スト――――――ップ!!」」」」

かさなって聞《き》こえた、**さけび声《ごえ》**。

ケイ、カンジくん、ヒカルくん、レキくん、エイトくんが、いっせいにわたしとリツくんのあいだに割《わ》って入《はい》った。

「**What on earth are you doing!?**《ワット オン アース アー ユー ドゥーイング》（**いったいなにしてるんだ!?**）」

「ぶ、**無礼《ぶれい》**ですよ、女性《じょせい》に対《たい》して！」

「まるまるが**こまってる**でしょ！」

「ほんとだよ、どんだけ**チャラい**んだ！」

「いや、それ**おまえが言《い》うか？**」

大《おお》さわぎする五人《にん》。

いつも落《お》ちついてるカンジくんやエイトくんまで、目《め》をまん丸《まる》にしてあわてふためいてる。

いっぽうのリツくんは、**よゆうの表情《ひょうじょう》**。

ふたたび階段《かいだん》に腰《こし》を下《お》ろして、すらりと長《なが》い足《あし》を組《く》む。

「で？　なんの用《よう》だっけ、オレ様《さま》をこんなとこに呼《よ》び出《だ》して」

ケイが、ハッとしたようにリツくんをふりかえった。

それから、きまり悪《わる》そうな顔《かお》で、ゴホンとせきばらいする。

「……いいかげん、**名《な》のれ**。おまえがいったい何者《なにもの》か」

「おー、そうだったそうだった」

なにげない口調《くちょう》で言《い》いながら、足《あし》を組《く》みかえると。

リツくんはわたしを見《み》つめて、ニヤリと勝《か》ち気《き》な笑《え》みを浮《う》かべた。

「――オレ様《さま》は**音楽《おんがく》リツ**。まどちの音楽《おんがく》の教科書《きょうかしょ》から生《う》まれた、**科目男子《かもくだんし》だ！**」

ギターやバイオリンみたいに「弦《げん》」をつかって音《おと》を出《だ》す楽器《がっき》を「弦《げん》楽器《がっき》」と呼《よ》ぶぜ。じつは、ピアノも弦《げん》をハンマーでたたいて音《おと》を出《だ》す仕組《しく》みから、弦楽器《げんがっき》の仲間《なかま》に分類《ぶんるい》されることもあるんだ！　おもしれーよなー！

4　ケイVS《ブイエス》リツ

ぽかんと口《くち》をあけたまま、一秒《びょう》、二秒《びょう》と時間《じかん》がすぎる。

えっ……。

え、え、え…………。

「えええええええっ!?!?」

十秒後《びょうご》くらいに、ようやく声《こえ》が出《で》た。

「か、**科目男子《かもくだんし》!?　音楽《おんがく》の!?**」

ま、待《ま》って待《ま》って。頭《あたま》が追《お》いつかないよ。

だって、科目男子《かもくだんし》は、**算国理社英《さんこくりしゃえい》**の五科目《かもく》……五人《にん》。

この五人《にん》からさらに増《ふ》えるなんて、考《かんが》えたこともなかったけど……。

つまりリツくんは……六人目《にんめ》の科目男子《かもくだんし》ってこと?

ぼうぜんと立《た》ちつくすばかりのわたしに対《たい》して、ケイたち五人《にん》は、おどろくというよりは戸惑《とまど》ったような表情《ひょうじょう》で、おたがいの目《め》を見《み》ている。

「まどち。オレは、**この日《ひ》をずっと待《ま》ってたんだ**」

沈黙《ちんもく》をやぶったのは、リツくん。

とつぜん、ポケットからノートをとりだしたかと思《おも》ったら、それをひざの上《うえ》に置《お》いて。

ギターを演奏《えんそう》するような姿勢《しせい》で、指《ゆび》をうごかしはじめる。

「♪~キミの瞳《ひとみ》は　そう　ガチでプリンっぽい
　プリンの黄色《きいろ》は　卵《たまご》の黄身《きみ》って　ヤバくね?
　マジで　プリン色《いろ》の愛《あい》　あげるぜ　my honey《マイハニー》…」

きれいにビブラートをかけて歌《うた》い上《あ》げると、余韻《よいん》にひたるように目《め》を閉《と》じたまま、そっとノートを閉《と》じる。

しん、としずかになる廊下《ろうか》。

(…………ん?　**プリン色《いろ》の愛《あい》?**)

すごく素敵《すてき》な歌声《うたごえ》だったけど、歌詞《かし》が**独特**《どくとく》すぎて、そっちばっか気《き》になっちゃう……。

「この曲《きょく》をキミに贈《おく》るぜ。タイトルは――『**オレとケッコンしよう**』」

「けっ………!?」

ビックリしすぎて、変《へん》な声《こえ》が出《で》た。

もし今《いま》、飲《の》みものが口《くち》に入《はい》ってたら、**ぜんぶふきだすとこだったよ！**

「わ、わたし、まだ**十二歳**《さい》だし！　ケ、ケッコンとか、できないですけど!?」

「**関係**《かんけい》**ねーよ。**愛《あい》しあうふたりが永遠《えいえん》を誓《ちか》ったら、それはもうケッコンと同《おな》じだろ？　オレは、**まどちをマジで愛**《あい》**してる！**」

「あ、あい、あ………」

沸騰《ふっとう》した頭《あたま》から、ぷしゅーっと煙《けむり》が出《で》る。

脳《のう》みそ**フリーズ**。

ダメです。もう、なにも考《かんが》えられません………。

「ま、返事《へんじ》は今《いま》じゃなくてもいいや。とりあえず明日《あした》の放課後《ほうかご》、デートしようぜ」

ふたたび立《た》ち上《あ》がって階段《かいだん》をおりてくると、リツくんは、わたしのあごに手《て》をそえる。

「オレのことしか考《かんが》えられなくしてやるから、覚悟《かくご》し――」

「い・い・かげんにしろッ!!」

ずいっとわりこんできたのは、ケイだった。

こめかみに青筋《あおすじ》をピキピキ立《た》てながら、リツくんをにらみつける。

「なんなんだ、おまえは！　さっきから勝手《かって》なことばかり……」

「おいおい、邪魔《じゃま》すんなよ。**算数《さんすう》サンノスケ**」

「さんのす……？　オレは**算数《さんすう》ケイだ！**　さっき名《な》のっただろ、同《おな》じクラスだし！」

「そうだっけ？」

けろりと言《い》って、肩《かた》をすくめるリツくん。

「**嫉妬《しっと》**してんのか？　サンノスケ」

「だからオレは……っ！　ああっ、もういい！　いいか？　プリンの歌《うた》だとか、放課後《ほうかご》デートだとか、**ムダなこと**に時間《じかん》をつかってるヒマはないんだよ！　遊《あそ》びたいならひとりで遊《あそ》んでろ！」

「待《ま》て、おまえ、音楽《おんがく》をムダって言《い》ったな!?」

つかみかかるいきおいで、リツくんがケイにつめよる。

「算数《さんすう》のほうがよっぽどムダだろ！」

「なにぃ!?　こっちは**テストの点数《てんすう》に命《いのち》がかかってるんだぞ！**」

「テストがどうした！　点数《てんすう》ばっか気《き》にしてるおまえらはダセーんだよ！」

「ちょっと落《お》ちつけって、ケイもリツも」

「**Don't《ドント》 get《ゲット》 so《ソー》 heated《ヒーティド》.**（そんなに熱《あつ》くならないで）」

ヒートアップするふたりを、レキくんとエイトくんがひきはなす。

リツくんとケイのこと**「ちょっと相性《あいしょう》が悪《わる》そう」**なんて軽《かる》く考《かんが》えてたけど、ここまでとは……。

「ふー、完全《かんぜん》に頭《あたま》にきたぜ」

乱《みだ》れた髪《かみ》をなでつけながら、リツくんは、するどい眼光《がんこう》でケイをにらむ。

「**勝負《しょうぶ》しろ、サンノスケ！**　男《おとこ》なら正々堂々《せいせいどうどう》！」

「勝負《しょうぶ》？　なんでオレがおまえなんかと……」

「**まどちとの放課後《ほうかご》デート**をかけた勝負《しょうぶ》だ」

へ？　わ、わたし？

「あの、放課後《ほうかご》デートって……？」

あわてたずねるけど、わたしの声《こえ》はふたりには届《とど》かない。

リツくんは挑発《ちょうはつ》するように笑《わら》って、ケイにつめよる。

「逃《に》げんのか？　オレ様《さま》に負《ま》けるのがこわいんだろ」

「な、なんだと？」

「もちろん身《み》を引《ひ》くのもアリだと思《おも》うぜ？　世界一完《せかいいちかん》ぺきで男前《おとこまえ》なこのオレ様《さま》が、まどちをガチのマジで幸《しあわ》せにするからよー。安心《あんしん》して遠《とお》くから見守《みまも》っててくれ、負《ま》け犬《いぬ》クン」

「なっ……ま、まけ……」

口《くち》をぱくぱくしながら、目《め》を白黒《しろくろ》させるケイ。

あのケイが押《お》されてるなんて、かなりめずらしいかも……。

なんて思《おも》って見《み》てたら、とつぜん、リツくんがこぶしをつきだした。

「さいしょはグー！」

「ちょ、えっ……」

「ジャンケンポン！」

あせってグーを出《だ》したケイと、よゆうでパーのリツくん。

リツくんは、フッと勝《か》ちほこった笑《え》みを浮《う》かべて、ケイを見下《みお》ろす。

「ヤバいな、オレ様《さま》。勝利《しょうり》の女神《めがみ》にまで愛《あい》されてるぜ……」

「待《ま》て、ひきょうだぞ！　そんないきなり……」

「勝《か》ちは勝《か》ちだ。明日《あした》の放課後《ほうかご》はオレとまどちで――」

「待《ま》ってください」

声《こえ》をあげたのは、カンジくんだった。

めずらしく怒《おこ》った表情《ひょうじょう》で、リツくんの前《まえ》に立《た》つ。

「あまりに一**方的**《いっぽうてき》すぎますよ、リツ。まどかさんの気持《きも》ちを無視《むし》してデートだなんて、自分《じぶん》の要《よう》望《ぼう》を押《お》しつけて……」

「なにが悪《わる》い？　恋《こい》は、たった一席《せき》をうばいあう**イス取《と》りゲーム**だろ？」

堂々《どうどう》と言《い》いはなち、リツくんはずいと一歩前《ぽまえ》に出《で》る。

「もちろんイエスかノーか、**決《き》める権利《けんり》はまどちにある**。けどな、フラれんのにビビって、あれこれ言《い》い訳《わけ》してモジモジしてるヒマがあったら、オレは**力《ちから》ずくでチャンスをつかみにいくぜ**。ライバルを押《お》しのけて、なぎ倒《たお》してでもな！　それが、オレ様《さま》の**恋愛《れんあい》スタイル**なんだよ」

リツくんはカンジくんの目《め》を射《い》るように見《み》ながら、さらに顔《かお》を近《ちか》づける。

「ま、今《いま》のところ……**この中《なか》でライバルになるようなやつは、いないみたいだけどな？**」

「っ……」

カンジくんはたじろぎながら、下《した》をむいた。

（わー、どうしよう。どんどん**ケンアクな感《かん》じ**になってる……！）

せっかくあらたな科目男子《かもくだんし》と出会《であ》えたっていうのに。

この空気《くうき》、なんとかしなきゃ……。

アタフタと考《かんが》えていたら、見《み》かねたレキくんが、「あのなぁ」と声《こえ》をあげた。

「そんなケンカ腰《ごし》じゃ、まともに話《はなし》もできないだろ。リッ」

「リッちゃんもケイくんもカンちゃんも、深呼吸《しんこきゅう》しよう」

『そのとおりだよ。まずは冷静《れいせい》に、それぞれの意見《いけん》を……』

口々《くちぐち》に話《はな》し出《だ》す男子《だんし》たち。

その声《こえ》を、リツくんが「パン！」と手《て》をたたいてさえぎった。

「あー、そうそう！　**大事《だいじ》なこと**言《い》い忘《わす》れてたわ」

ゆったりと大股《おおまた》で歩《ある》いて、階段《かいだん》の前《まえ》にもどるリツくん。

みんなが息《いき》をのんで見《み》つめる中《なか》、くるりとこちらへむき直《なお》ると――。

ニッと、不敵《ふてき》な笑《え》みを浮《う》かべて言《い》った。


「――オレ様《さま》には、おまえらみたいな『テストで決《き》まる寿命《じゅみょう》』はないぜ？」


えっ……？

それって……どういうこと？

「オレは**簡単《かんたん》に消《き》えたりしない**。つまり、まどちを幸《しあわ》せにできる男《おとこ》は、このオレ様《さま》だけってことだ。わかったら、おまえら……**邪魔《じゃま》すんなよ？**」

堂々《どうどう》と腕組《うでぐ》みをして、胸《むね》をそらすリツくん。

キーンコーンカーンコーン
そのとき、始業《しぎょう》のチャイムが鳴《な》った。

それと同時《どうじ》に、

「**――あなたたち**」

廊下《ろうか》のむこうから、氷《こおり》のような声《こえ》がとんでくる。

わたしは現実《げんじつ》に引《ひ》きもどされるように、ハッと声《こえ》をあげる。

「あっ、ソフィーさん！」

ふりかえった先《さき》にいたのは、ALT《エーエルティー》（外国語指導助手《がいこくごしどうじょしゅ》）の先生《せんせい》、ソフィーさん。

ソフィーさんは、わたしのママとパパの友《とも》だちで、男子《だんし》たちが本物《ほんもの》の人間《にんげん》じゃないっていうヒミツを知《し》っている、数《かず》すくない人《ひと》でもあるの。

ソフィーさんはクールな表情《ひょうじょう》をくずさないまま、黒《くろ》ぶちのメガネのむこうから、じろりと厳《きび》しい目《め》をむけてくる。

「チャイムが鳴《な》ったわよ。はやく教室《きょうしつ》にもどりなさい」

「ウッス！　ねーさん！」

意外《いがい》にも、だれより先《さき》に返事《へんじ》をしたのはリツくんだった。

ピシッと姿勢《しせい》を正《ただ》して、ぺこりとおじぎまで。

それに、今《いま》「ねーさん」って……？

不思議《ふしぎ》に思《おも》いつつ見《み》てたら、ソフィーさんはあきれたようにリツくんへ視線《しせん》をむけた。

「『ねーさん』はやめなさいと言《い》ったはずよ。それからリツ、職員室《しょくいんしつ》であずかっているギターは放課後《ほうかご》に返《かえ》すけど、明日《あした》からは家《いえ》に置《お》いてきなさい。いいわね？」

「ウッス」とまた姿勢《しせい》よく返事《へんじ》をしたあと、リツくんがわたしを見《み》る。

「あ、オレ、ソフィーねーさんの家《いえ》に**ホームステイ**してんだ」

「えっ、そ、そうなの!?」

リツくんが人間《にんげん》の姿《すがた》になったのは昨日今日《きのうきょう》ではないっぽいし、どこで暮《く》らしてるのか気《き》にはなってたけど……まさか、**ソフィーさんの家《いえ》とは……!**

ビックリしていると、リツくんがコソッと耳《みみ》うちしてくる。

「ごめんな。ほんとは、まどちともっとしゃべってたいんだけど、ねーさん怒《おこ》らせると**マジでやべー**からさ。こないだも……」

「リツ！」

ぴしゃりと名前《なまえ》を呼《よ》ばれて、すぐに口《くち》をつぐむリツくん。

「じゃー、**またあとでな！**　まどち！」

バーンと銃《じゅう》でうちぬくようなポーズをきめると、リツくんはアクセサリーをじゃらじゃらさせながら、教室《きょうしつ》へもどっていった。

いっぽうのわたしたちは、まだあっけにとられたままで、なかなか体《からだ》をうごかせない。

「ほら、あなたたちも」

ソフィーさんにうながされて、ようやく足《あし》が前《まえ》に出《で》た。

だけど……頭《あたま》の中《なか》では、ぐるぐると、いろんなことが浮《う》かんでは消《き》えていく。

なにがなんだか、ぜんぜん気持《きも》ちが追《お》いつかないよ……。

「こりゃまた、大変《たいへん》なのが来《き》たなぁ……」

それぞれの教室《きょうしつ》へむかう途中《とちゅう》、レキくんがひとりごとのように、ぽつりとつぶやいた。

5　人気者《にんきもの》の彼《かれ》

「――さて。**話《はな》さなきゃいけないことが山《やま》ほどあるぞ**」

ケイがあらたまって言《い》った。

放課後《ほうかご》になるのを待《ま》って、わたしたち六人《にん》であつまったんだ。

今日《きょう》は始業式《しぎょうしき》のあと学級会《がっきゅうかい》と掃除《そうじ》があって、午前中《ごぜんちゅう》で終《お》わり。

人気《ひとけ》がすくなくなった四階《かい》の廊下《ろうか》には、まだまだ熱《あつ》い太陽《たいよう》の光《ひかり》が、ギラギラとふりそそいでいる。

「まさか、**あらたな科目男子《かもくだんし》があらわれるなんて……**」

つぶやきながら、わたしは窓《まど》の外《そと》に目《め》をやる。

校庭《こうてい》のほうに見《み》えるのは、人《ひと》だかりの中心《ちゅうしん》で笑《わら》う**リツくん**の姿《すがた》。

今日《きょう》はこれからスタボの撮影《さつえい》があるとかで、おむかえの車《くるま》が来《く》るらしい。

『ひとまず、彼《かれ》が科目男子《かもくだんし》だということは「真実《しんじつ》」でまちがいないよね。これは、オレたちの感《かん》覚《かく》によるものだけど……』

「ああ。同《おな》じ科目男子《かもくだんし》は、なんとなく『**わかる**』んだよな。エイトのときもそうだった」

うなずきあうエイトくんとレキくん。

つづいて、ヒカルくんがあごに手《て》を当《あ》てながら首《くび》をかしげる。

「でも、リッちゃんが言《い》ってた『寿命《じゅみょう》がない』って、どういうことだろう？　同《おな》じ科目男子《かもくだんし》なのに……」

「正確《せいかく》には、『**テストで決《き》まる寿命《じゅみょう》はない**』、でしたね」

「たしかに音楽《おんがく》は、算国理社英《さんこくりしゃえい》のように、点数《てんすう》が出《で》るようなテストはないが……」

むずかしい顔《かお》をして考《かん》えこむカンジくんとケイ。

わたしも首《くび》をかたむけながら、考《かん》える。

(テストか……**)**

音楽《おんがく》のテストといえば、リコーダーの演奏《えんそう》とか、歌《うた》をうたうとか、そういうものが多《おお》いよね。

問題《もんだい》を解《と》いてこたえを書《か》いて、数字《すうじ》の点数《てんすう》がついて……みたいなテストは、あっても年《ねん》に一回《かい》とか、そのくらい。

だから、**ほかのみんなのような寿命《じゅみょう》がないってこと？**

寿命《じゅみょう》がなければ、消《き》えることはない……？

（うーん……）

「――それで、まるちゃんはどうするの？　アイツの告白《こくはく》への返事《へんじ》は」

「へっ？」

とつぜんレキくんから投《な》げかけられた問《と》いかけに、きょとんとする。

告白《こくはく》……って、**なんの話《はなし》？**

首《くび》をかしげるわたしに、男子《だんし》たちは真顔《まがお》でうなずく。

「リッちゃん、『**愛《あい》してる**』って言《い》ってたもんね、まるまるに」

『曲《きょく》のタイトル、「**オレとケッコンしよう**」だったしね』

「あごに触《ふ》れて、『**オレだけを見《み》てろよ**』とか言《い》ってました」

そ、そんなこと……言《い》ってた？

なんだかもう、いろんな情報《じょうほう》が一気《いっき》になだれこんできすぎて、そのあたりの記憶《きおく》があんまりないっていうか……。

『マドカは、**自分《じぶん》の気持《きも》ちを優先《ゆうせん》するべき**だと思《おも》うよ』

「そーそー！　まるちゃんやさしいから、**気《き》をつかっちゃう**かもしれないけどさ」

「こまっているならいつでも言《い》ってください。**力《ちから》になりますよ**」

「僕《ぼく》もカッちゃんも、**まるまるの味方《みかた》**だからね！」

「ええっ？　えっと……」

急《きゅう》にいろいろ言《い》われて、頭《あたま》の中《なか》がパニックになる。

っていうか、なんかみんな、**顔《かお》の圧《あつ》がすごい気《き》がする………っ！**

「と、**とにかくっ！**」

その場《ば》の空気《くうき》にたえられなくなって、バッとうしろへとびのく。

こんな状態《じょうたい》で「告白《こくはく》」だとか「返事《へんじ》」だとか、とてもじゃないけど考《かんが》えられないもん！

だいたい、リツくんのあのキャラからして、**なにがどこまで本気《ほんき》なのかわからないし……！**

「とにかく今《いま》は、**勉強《べんきょう》**をがんばるしかない……そうでしょ？　みんなのこと本物《ほんもの》の人間《にんげん》にしたいし、それにもちろん、わたしも——**死《し》ぬわけにはいかないから**」

深呼吸《しんこきゅう》をして、気持《きも》ちを落《お》ちつける。

考《かんが》えなきゃいけないことは、いっぱいある。

だけどその中《なか》でなによりも**優先《ゆうせん》**しなきゃいけないのは、やっぱりみんなと、わたしの寿命《じゅみょう》のこと。

実力《じつりょく》テストで、最高得点《さいこうとくてん》をとることだ。

それだけは、ぜったいに忘《わす》れちゃいけない。

「わたし、がんばるから……よろしくね、みんな！」

意識《いしき》してハッキリした声《こえ》で言《い》うと。

男子《だんし》たちはわれに返《かえ》ったように真剣《しんけん》な表情《ひょうじょう》になって、うなずいてくれた。


つぎの日《ひ》になっても、学校《がっこう》でのリッくんフィーバーは、まったく冷《さ》める気配《けはい》がなかった。

「ねー、うちの学校《がっこう》の**転校生《てんこうせい》イケメン率《りつ》**、やばくない？」

「ケイくんたち五人《にん》だけでも**最強《さいきょう》**なのに、あのリッくんまで来《く》るなんてね！」

「でもやっぱり私《わたし》はカンジくん推《お》し〜！」「わたしリッくん派《は》！」

なんて、あいかわらずリッくん（と男子《だんし》たち）の話題《わだい》でもちきりだし。

彼《かれ》が行《い》くところ行《い》くところに人《ひと》だかりができているので、どこにいるのかすぐにわかる。

——リツくんは、**不思議《ふしぎ》な人《ひと》**だ。

みんなからの注目《ちゅうもく》を一身《いっしん》にあつめて、キラキラとしたオーラをはなつ人気者《にんきもの》。

だけど、まわりに必要以上《ひつよういじょう》に愛想《あいそ》よくするわけでも、気《き》をつかうわけでもない。

自分《じぶん》の行《い》きたいところへ行《い》って、自分《じぶん》のしたいことをする。

自由《じゆう》で気《き》ままで、楽《たの》しそうで。

なんていうか……まさに、**スター**って感《かん》じ。

(あんなにかっこいい有名人《ゆうめいじん》の彼《かれ》が、わたしを「好《す》き」なんてこと……ある?)

……いやいや、ない。ないない。

ないよね……?

「よォ、**まどち!**」

上《うえ》から聞《き》こえてきた声《こえ》に、ハッとわれに返《かえ》る。

見上《みあ》げると、リツくんが二階《かい》の窓枠《まどわく》にほおづえをついて、こちらを見下《みお》ろしていた。

「今《いま》から体育《たいいく》?」

「あっ、う、うん、そう!」

「体操着姿《たいそうぎすがた》もマジでかわいいな」

「えっ……」

か、かわいい、って……！

反応《はんのう》にこまってどぎまぎしてたら、リツくんはニッと八重歯《やえば》をみせて笑《わら》う。

「オレもまどちと一緒《いっしょ》のクラスだったらなー。あ、つぎの時間《じかん》は、体育《たいいく》がんばるまどちをテーマに一曲《きょく》つくるか」

軽《かる》い口調《くちょう》で言《い》ったリツくんの言葉《ことば》に、おもわず「えっ⁉」と声《こえ》が出《で》る。

「曲《きょく》って、そんなにすぐできるものなの？」

わたしが聞《き》くと、リツくんは目《め》をキラリとかがやかせた。

「オレの場合《ばあい》はさ、まず頭《あたま》の中《なか》でメロディーが生《う》まれるんだ」

「頭《あたま》の中《なか》で？」

「そ。それをギター弾《ひ》きながら楽譜《がくふ》に落《お》としこんで、メロディーが完成《かんせい》したら、歌詞《かし》を考《かんが》える！ポエムを書《か》きためてるノートからフレーズをひろうこともあるし、自然《しぜん》と浮《う》かんでくることもあるな」

「へ〜！」

いきいきと話《はな》す表情《ひょうじょう》から、本当《ほんとう》に音楽《おんがく》が好《す》きなんだなってつたわってくる。

(頭《あたま》の中《なか》に自然《しぜん》と音楽《おんがく》が生《う》まれてくるって……どんな感《かん》じなんだろう？)

想像《そうぞう》もつかないなぁ。

「……って、あれ？」

ちょっとよそみをしてたら、二階《かい》の窓《まど》のところにいたリツくんの姿《すがた》が見《み》えなくなっていた。

会話《かいわ》の途中《とちゅう》だったのに、どこ行《い》っちゃったんだろう？

やっぱり自由《じゆう》だなぁ。

苦笑《にがわら》いしながら、校庭《こうてい》のほうへ行《い》こうとしたら。

ガバッ

「きゃっ!?」

とつぜん背中《せなか》に感《かん》じた衝撃《しょうげき》におどろくヒマもなく、耳元《みみもと》で声《こえ》が聞《き》こえる。

「──今《いま》、一曲《きょく》できたぜ」

あたたかみのあるハスキーボイス。

「けど、未完成《みかんせい》だから……あとでのお楽《たの》しみな？」

わ、わ、わ！

うしろからだきしめられる体勢《たいせい》に、**頭《あたま》はパニック状態《じょうたい》！**

（なに、どういうこと!? 瞬間移動《しゅんかんいどう》!?）

夢中《むちゅう》で、手《て》をじたばたさせていると、首元《くびもと》にまわされた腕《うで》は、意外《いがい》なほどするりと簡単《かんたん》にほどかれた。

それと同時《どうじ》に、「バシーン！」と、すぐ近《ちか》くで大《おお》きな音《おと》が聞《き》こえる。

（えっ、こ、こんどはなに!?）

おどろいて音《おと》のしたほうを見《み》ると──リツくんの手《て》に、**サッカーボール**が……？

「ごめーん、リツ！」

むこうから聞《き》こえた声《こえ》。

「気《き》をつけろよなー！」

リツくんは校庭《こうてい》のほうで手《て》をふる男子《だんし》たちにむかって、華麗《かれい》なフォームでボールを蹴《け》り返《かえ》す。

（えっと……）

もしかしてリツくん、今《いま》、**わたしのことを守《まも》ってくれた……？**

「あ、あの——」

お礼《れい》を言《い》おうと、口《くち》をひらきかけたとき。

「そういえば、今日《きょう》の**放課後**《ほうかご》のことだけどさー」

先《さき》にリツくんが話《はな》しはじめた。

「オレ、まどちを**つれていきたい場所**《ばしょ》があるんだ。マジでヤバい、ぜったい楽《たの》しいとこ！」

うれしそうに言《い》うリツくん。

（今日《きょう》の放課後《ほうかご》……？）

すぐにハッとして、わたしは「あのね」と切《き》り出《だ》す。

「昨日《きのう》はバタバタしてて言《い》えなかったんだけど、じつは今日《きょう》の放課後《ほうかご》、図書委員《としょいいん》の当番《とうばん》があるの。そのあとは家《いえ》で**勉強**《べんきょう》する予定《よてい》で……だから、一緒《いっしょ》におでかけしたりするのは、ちょっと無理《むり》なんだ……」

ごめんね、と肩《かた》をすぼめてあやまると。

リツくんはけろりとした表情《ひょうじょう》で「あー、そうなんだ」とうなずいた。

「じゃあ、来週《らいしゅう》の水曜《すいよう》の放課後《ほうかご》はどう？　当番《とうばん》は？」

「え？　えーと、その日《ひ》は当番《とうばん》じゃないけど……」

「じゃー、きまりな！」

ほとんど強引《ごういん》に約束《やくそく》をとりつけて、ニッと楽《たの》しげに笑《わら》うリツくん。

おまけにわたしのおでこを、指《ゆび》でチョンとつつく。

「最《さい》っ高《こう》にゴキゲンなデートにするから、楽《たの》しみにしとけよ？」

自信《じしん》たっぷりな笑《え》みに、キューンと胸《むね》が高鳴《たかな》る。

（わぁ、本当《ほんとう》にキラキラだ……！）

これは、みんなが夢中《むちゅう》になるのもわかるかも……。

感心《かんしん》するように見《み》つめてたら、リツくんは両手《りょうて》をのばして、わたしのほっぺをはさんだ。

「マジでかわいいなー、まどちは」

スッと近《ちか》づく顔《かお》。

えっ、と息《いき》をのんだ瞬間《しゅんかん》、まわりから「キャー」と悲鳴《ひめい》が聞《き》こえる。

（………はっ！）

そこでようやく、あちこちからむけられる視線《しせん》に気《き》づいた。

上《うえ》の階《かい》の窓《まど》や、校庭《こうてい》のほうからも！

（そ、そりゃそうだよね！　リツくんのことは、**学校中《がっこうじゅう》のみんなが追《お》いかけてるんだもん……**）

それにしても、油断《ゆだん》してた。

わたしみたいな平凡女子《へいぼんじょし》がこんな形《かたち》で目立《めだ》つと、ちょっとややこしいことになるんじゃない？

チョーシのってるなんて思《おも》われたら、どうしよう……！

ハラハラしながら、小声《こごえ》でつたえる。

「み、みんな見《み》てるよ、リツくん……！」

「それがどうした？」

リツくんは口《くち》の端《はし》を上《あ》げて、さらにグイと顔《かお》を近《ちか》づける。

「オレ様《さま》は一途《いちず》なんだ。ほかの女《おんな》のことなんか目《め》に入《はい》らねーよ」

ひ―――――っ！

ダメだ！　**わたしにはシゲキがつよすぎる!!**

どうにもできなくて、ただギューーッと目《め》を閉《と》じていると。

遠《とお》くから、ちらほら、興奮《こうふん》したような話《はな》し声《ごえ》が聞《き》こえてきた。

「リツくん、あんなに人気者《にんきもの》なのにまるちゃんに一直線《いっちょくせん》なの、すごいよね〜」

「そういうとこもかっこいい！　音楽《おんがく》も最高《さいこう》だし！」

「うんうん！　まわりにぜったい流《なが》されないって感《かん》じ、あこがれるよね〜！」

えっ？　と拍子《ひょうし》ぬけする。

聞《き》こえてくる声《こえ》には、意外《いがい》にもトゲのあるものはなさそう。

（よ、よくわかんないけど、大丈夫《だいじょうぶ》みたい……？）

フッと得意《とくい》げに笑《わら》うリツくんを、まじまじと見《み》つめる。

やっぱり……リツくんは、不思議《ふしぎ》だ。

作曲《さっきょく》っていうと楽器《がっき》が弾《ひ》けなきゃできないって思《おも》われがちだけど、最近《さいきん》は、パソコンやスマホのアプリをつかって作曲《さっきょく》する人《ひと》も増《ふ》えてるんだぜ。もっと気軽《きがる》に曲《きょく》をつくる人《ひと》が増《ふ》えたら、マジでゴキゲンな世界《せかい》になりそうだよなー！

6　集中《しゅうちゅう》できません！

それからの一週間《しゅうかん》は、ものすごくドタバタだった。

まず、スケジュールが見直《みなお》されて、一日《いちにち》にやらなきゃいけない勉強《べんきょう》の量《りょう》が増《ふ》えた。

夏休《なつやす》みのあいだ調子《ちょうし》がいまいちだったぶんを取《と》り返《かえ》すために、一分一秒《いっぷんいちびょう》もムダにはできない。

実力《じつりょく》テストでの最高得点更新《さいこうとくてんこうしん》をめざして、休《やす》み時間《じかん》も、もちろん勉強《べんきょう》はつづく。

「それでは、北半球《きたはんきゅう》において一年《いちねん》の中《なか》で昼《ひる》がもっとも長《なが》い日《ひ》を、季節《きせつ》をあらわす『二十四節気《にじゅうしせっき》』では、なんと呼《よ》ぶでしょう？」

廊下《ろうか》を歩《ある》きながらカンジくんが出《だ》してくれた問題《もんだい》に、「うーん」と頭《あたま》をひねる。

「ええと……」

なんだっけ。こないだ教《おし》えてもらった気《き》がする……。

たしか「**夏**《なつ》」の文字《もじ》が入《はい》ってたと思《おも》うんだけど……なかなか、**こたえが出《で》てこない……っ！**

「大丈夫《だいじょうぶ》ですよ。落《お》ちついて、ひとつずつふりかえっていきましょう」

やさしく言《い》って、ほほえみかけてくれるカンジくん。

「今《いま》の問題《もんだい》のこたえは『夏至《げし》』です。漢字《かんじ》で『夏《なつ》に至《いた》る』と書《か》きますね」

「そうだ、夏至《げし》！　ありがとう、カンジく――」

「まどちー！」

とつぜん聞《き》こえた声《こえ》に、ビクッとふりかえる。

リツくんが二組《くみ》の教室《きょうしつ》から顔《かお》を出《だ》して、手《て》をふっていた。

「今日《きょう》も愛《あい》してるぜ！」

ドッキーン！

直球《ちょっきゅう》すぎる言葉《ことば》に、心臓《しんぞう》がとびはねる。

キャーキャー、あちこちから上《あ》がる黄色《きいろ》い悲鳴《ひめい》。

「あ、あはは……」

どぎまぎしながらちょこっと手《て》をふりかえすと、リツくんは満足《まんぞく》げに笑《わら》って、顔《かお》をひっこめた。

（わ〜、ビックリした……）

こんなに人《ひと》が大勢《おおぜい》いる前《まえ》で、「愛《あい》してる」だなんて。

男《おとこ》の子《こ》からここまでストレートな言葉《ことば》をもらうのなんてはじめてだから、何度《なんど》言《い》われても、いちいちドキドキしちゃうよ……。

「リツくんからしたら、あいさつみたいなものかもしれないけど……照《て》れちゃうよね」

ポリポリほおをかきながら、ふたたび前《まえ》へむき直《なお》ると。

「……まどかさんは、ああいう男《おとこ》が好《この》みですか？」

ふいに、ぽつりと聞《き》こえた声《こえ》。

「へっ？」

おどろいて横《よこ》を見《み》ると、カンジくんがハッとしたように目《め》をそらす。

「い、いえ。なんでもありません、忘《わす》れてください……」

すこし早歩《はやある》きになったカンジくんのあとを、わたしはあわてて追《お》いかけた。

ドタバタしてる原因《げんいん》のもうひとつは……そう。**リツくんの登場《とうじょう》**だ。

毎日《まいにち》、勉強《べんきょう》に必死《ひっし》になっているわたしたちをよそに、自由《じゆう》に目立《めだ》ちまくるリツくん。

そんな彼《かれ》の言動《げんどう》に動揺《どうよう》しているのは、どうやらわたしだけじゃないみたい。

リツくんがあらわれてから、なんとなーく……五人《にん》の男子《だんし》たちの様子《ようす》が、おかしくなってる気《き》がするんだよね。

さっきのカンジくんもそうだし……。

今朝《けさ》だって、リツくんがいきなり二階《かい》の非常階段《ひじょうかいだん》の手《て》すりからとびおりて登場《とうじょう》したものだから、一緒《いっしょ》にいたエイトくんが、

『キミは、ワイルドすぎる……』

って、クールな顔《かお》をくずして頭《あたま》をかかえてたり。

マイペースでのんびり屋《や》のヒカルくんが、

「今《いま》は僕《ぼく》との時間《じかん》だからね。リッちゃんが来《き》ても、まるまるはわたさないよ……」

なんて言《い》いながら、あちこちキョロキョロと警戒《けいかい》して見《み》てたり。

きわめつきは、あのチャラいレキくんが、

「いいか、まるちゃん。簡単《かんたん》に『愛《あい》してる』なんて言《い》う男《おとこ》を、信用《しんよう》しちゃダメだぞ」

なんて、ものすごく真剣《しんけん》な表情《ひょうじょう》で言《い》ってきたり……。

(まぁ、みんな以上《いじょう》に、わたしもかなりペースが乱《みだ》れちゃってるけどね……)

毎日《まいにち》いろんな場所《ばしょ》で、「好《す》き」とか「愛《あい》してる」とか、熱《あつ》くつたえてくれるリツくん。

その気持《きも》ちが本気《ほんき》なのかどうかはさておき、さすがにそうやってドキドキしつづけてると、な

かなか勉強《べんきょう》に集中《しゅうちゅう》できなくて……。

(この状況《じょうきょう》、どうにかしないとなぁ……)

新《あたら》しい科目男子《かもくだんし》のリツくんに出会《であ》えたのは、すごく、すごくうれしい。

もっとリツくんのこと知《し》りたいし、おしゃべりしたいなって、心《こころ》から思《おも》ってる。

だけど……**タイミング**がね。

せめて、今《いま》みたいに「つぎのテストにわたしたち全員《ぜんいん》の命《いのち》がかかってる」なんて、ものすごいピンチの前《まえ》じゃなければなぁ……。

「――まどか、**また集中《しゅうちゅう》が切《き》れてるぞ**」

矢《や》のように鋭《するど》くとんできたケイの声《こえ》に、ハッと姿勢《しせい》を正《ただ》す。

「ご、ごめんごめん……」

鉛筆《えんぴつ》をにぎりなおして、意識《いしき》をひざの上《うえ》のプリントへ。

油断《ゆだん》してると、こんなふうにすぐに気《き》がちって、意識《いしき》がいろんなところへとんでいっちゃう。

(今《いま》は、目《め》の前《まえ》の勉強《べんきょう》に集中《しゅうちゅう》しないと……)

休《やす》み時間《じかん》のちょっとしたすきまに**北階段《きたかいだん》**に集合《しゅうごう》して、算数《さんすう》を教《おし》えてもらってるんだけど。

ぜんぜんすすまなくて、ケイに注意《ちゅうい》されてばっかりだ。

もちろん自分《じぶん》でも、集中《しゅうちゅう》できてないっていう自覚《じかく》はある。

実力《じつりょく》テストにむけて男子《だんし》たちがつくってくれるミニテストの点数《てんすう》は、どれもさんざん。

ケイのいらだちも、日《ひ》に日《ひ》に増《ま》していくいっぽうだし。

もっと、ちゃんとしないといけないんだけど……。

「あ、いたいた！ **まーどち――っ！**」

そう思《おも》ってた矢先《やさき》、またリツくんがブンブンと手《て》をふりながら駆《か》けよってきた。

「今日《きょう》も世界一《せかいいち》好《す》きだぜ、マイハニー！」

うれしい気持《きも》ちを全身《ぜんしん》で表現《ひょうげん》するように、とびきりの笑顔《えがお》をむけてくれるリツくん。

その姿《すがた》が、なんだかワンコみたいでかわいくって、おもわずふふっと笑《え》みがこぼれる。

はじめはとまどう気持《きも》ちのほうが大《おお》きかったけど、今《いま》ではリツくんと会《あ》えたとき、自然《しぜん》と気持《きも》ちが明《あか》るくなるのがわかる。

リツくんが持《も》ってる不思議《ふしぎ》なパワーっていうのかな。

近《ちか》くにいると、元気《げんき》が出《で》るんだ。

「……**勉強中《べんきょうちゅう》に話《はな》しかけるな**。迷惑《めいわく》してるのがわからないのか」

つめたく言《い》うケイに、リツくんはきょとんと不思議《ふしぎ》そうな顔《かお》。

「オレ様《さま》が話《はな》しかけてるのはまどちだし。声《こえ》かけちゃダメとか、おまえが決《き》めることじゃないだろ？　**勝手《かって》に彼氏《かれし》ヅラすんなよなー**」

「な、かっ、かれ……？」

「そうそう、また新曲《しんきょく》できたんだ！」

リツくんはケイを押《お》しのけてわたしの横《よこ》に座《すわ》り、話《はなし》をつづける。

「超《ちょう》ゴキゲンな曲《きょく》！　もう動画《どうが》にも撮《と》っててさー。**あとで聞《き》かせるから楽《たの》しみにしてろよ！**」

「へ〜っ！」

すごいなぁ、また新曲《しんきょく》ができたなんて。

毎日《まいにち》、隙《すき》をみつけてはアカペラで聞《き》かせてくれるんだけど、本当《ほんとう》にすごくいい曲《きょく》ばっかりなの。

まわりのみんなも、「リツくんの音楽《おんがく》いいよね」「おれリツの曲《きょく》、超《ちょう》はまってる！」って、リツくんが歌《うた》ってくれるのを楽《たの》しみにしてるみたいだし。

(楽《たの》しみだな〜、リツくんの新曲《しんきょく》！)

ニコニコしてたら、リツくんは、ふとケイに視線《しせん》をむけた。

「毎日《まいにち》まどちが近《ちか》くにいるおかげで、どんどん**メロディー**が浮《う》かんでくるんだ。とくに算数《さんすう》の授《じゅ》業《ぎょう》の時間《じかん》は、作曲《さっきょく》がはかどるんだぜ〜？」

わざとらしく挑戦的《ちょうせんてき》な笑《え》みを浮《う》かべるリツくん。

ケイはそんな彼《かれ》をツンと無視《むし》して、プリントの採点《さいてん》をはじめる。

わわ。この空気《くうき》は、また、ケンカがはじまっちゃうんじゃ……？

「んじゃ、またあとで！　勉強《べんきょう》がんばってなー」

「う、うん！　またね！」

リツくんは上手《じょうず》な鼻歌《はなうた》をうたいながら、廊下《ろうか》のむこうへ歩《ある》いていった。

わたしはすこしホッとして、その背中《せなか》を見送《みおく》る。

「……なにヘラヘラしてる」

「えっ？　してないよ、ヘラヘラなんて」

「……もういい。集中《しゅうちゅう》しろ。ああいう不真面目《ふまじめ》なやつと話《はな》してると、不真面目《ふまじめ》がうつるぞ」

必要以上《ひつよういじょう》にトゲのある言《い》い方《かた》に、ちょっと引《ひ》っかかる。

リツくんとケイは、あいかわらず、顔《かお》をあわせればバチバチモード。

本当《ほんとう》は、みんな仲良《なかよ》くなってほしいのにな……。

「あのね、ケイ。今《いま》はなかなか時間《じかん》がないけど、わたしはリツくんともっと話《はな》したいなって思《おも》ってるんだよ。リツくんはわたしの教科書《きょうかしょ》から生《う》まれた科目男子《かもくだんし》なんだし、ケイにとっても仲間《なかま》でしょ？」

「仲間《なかま》？　じょうだんじゃない」

バッサリと切《き》り捨《す》てるような、つめたい言葉《ことば》。

モヤッとして、わたしは鉛筆《えんぴつ》を置《お》く。

「ねえ、ケイ、なに怒《おこ》ってるの？」

「怒《おこ》ってない」

「でも、**イライラしてるじゃん。**……そうだ、ケイもこんどリツくんの新曲《しんきょく》、一緒《いっしょ》にきかせてもらおうよ！　リツくんの歌《うた》って、本当《ほんとう》に素敵《すてき》で……」

「オレは勉強《べんきょう》に集中《しゅうちゅう》しろって言《い》ってるんだ！」

とつぜんの大声《おおごえ》に、ビクッと体《からだ》がかたまる。

「おまえがアイツを好《す》きかどうかは、**どうでもいい。**オレには関係《かんけい》ないし、興味《きょうみ》もない！」

「えっ……」

「でもな、これだけは忘《わす》れるな」

ケイは目《め》をつりあげて、つよい口調《くちょう》でつづける。

「まどかが……持《も》ち主《ぬし》のおまえが勉強《べんきょう》をおろそかにすれば、**オレたちは死《し》ぬしかない。**最終的《さいしゅうてき》に

オレたちの命《いのち》がどうなるかは、おまえにゆだねるしかないんだ」

ズキッ

胸《むね》の奥《おく》にある大切《たいせつ》な場所《ばしょ》が、ちいさくうずくのを感《かん》じた。

それと同時《どうじ》に、モヤモヤした黒《くろ》い霧《きり》のようなものが胸《むね》の中《なか》にたちこめる。

（そんな言《い》い方《かた》しなくても……**ちゃんと、わかってるよ……**）

ケイはわたしから目《め》をそらし、苦々《にがにが》しげに息《いき》をつく。

「**……プリントを二十枚追加《まいついか》する。**放課後《ほうかご》までにぜんぶ終《お》わらせておけ」

なっ……。

「**ちょっと待《ま》ってよ！**　放課後《ほうかご》までにって、つぎの休《やす》み時間《じかん》はレキくんに社会《しゃかい》の勉強《べんきょう》みてもらう予定《よてい》だし、そのつぎは……」

「言《い》い訳《わけ》は聞《き》かん。話《はなし》は終《お》わりだ」

目《め》もあわせずに立《た》ち上《あ》がるケイ。

負《ま》けじと、わたしも立《た》ち上《あ》がる。

「言《い》い訳《わけ》ってなに？　わたしはただ、話《はなし》を……」

「やる気《き》がないなら勝手《かって》にしろ。**人生最後《じんせいさいご》の望《のぞ》みが『あの不真面目《ふまじめ》ギター男《おとこ》と遊《あそ》ぶこと』なんて言《い》うような持《も》ち主《ぬし》なら、こっちから願《ねが》い下《さ》げだ**」

「なっ……**なにそれ！**」

カッチーン！

も〜〜〜っ、頭《あたま》にきた！

「ケイなんて知《し》らない！」

ベーだ！

思《おも》いっきり舌《した》を出《だ》したら、ケイは「べ、ベーだと⁉　**ちょっと待《ま》て！**」とプンスカ怒《おこ》って呼《よ》び止《と》めてきたけど。

知《し》らん顔《かお》して、走《はし》って逃《に》げてやった。

「二十四節気《にじゅうしせっき》」は、季節《きせつ》を二十四に区切《くぎ》った日本古来《にほんこらい》の考《かんが》え方《かた》です。「夏至《げし》」のほかにも「立春《りっしゅん》」や「秋分《しゅうぶん》」「大寒《だいかん》」などがあります。あなたがこの本《ほん》を読《よ》んでいる季節《きせつ》は、どんな言葉《ことば》で表現《ひょうげん》されているでしょう？　ぜひ調《しら》べてみてくださいね。

7　デートは車《くるま》に乗《の》って？

（なんなの、ケイってば。**やな感《かん》じ……！**）

ぷんぷん肩《かた》をいからせて歩《ある》きながら、下駄箱《げたばこ》へむかう。

放課後《ほうかご》になっても、ケイへのモヤモヤはおさまらない。

わたしだって、**勉強《べんきょう》をがんばらなきゃいけないことくらいわかってる。**

なんせ、わたしのテストには、自分《じぶん》の命《いのち》と、五人《にん》の男子《だんし》たちの命《いのち》がかかってるんだもん。

自分《じぶん》なりに、今《いま》まででいちばんってくらい真剣《しんけん》に、全力《ぜんりょく》で取《と》り組《く》んでるつもりだ。

だけど……いくらなんでも朝起《あさお》きてから寝《ね》るまで、ずーっと集中《しゅうちゅう》しつづけることなんて無理《むり》だし。ときには気《き》がちったり、ボーッとしちゃうことだってあるよ。

なのに、ケイはわたしの話《はなし》を聞《き》こうともせず、怒《おこ》ってばっかりでさ。

そんな態度《たいど》でいられたら、こっちだってモヤモヤして、ますます集中《しゅうちゅう》できなくなるし。

それに……。

――おまえがアイツを好《す》きかどうかは、どうでもいい。オレには関係《かんけい》ないし、興味《きょうみ》もない！

ズキンッ

あの言葉《ことば》が頭《あたま》をよぎるたび、胸《むね》がどうしようもなく、苦《くる》しくなるんだ……。

（あー、もうっ……！）

イライラする気持《きも》ちがめいっぱいふくらんだあとは、しゅるしゅる、空気《くうき》がぬけるように心《こころ》がしぼんでいく。

（はぁ……なんか、**つかれたなぁ…………**）

このあと家《いえ》に帰《かえ》ってまた勉強《べんきょう》だって思《おも》うと、どんどん足《あし》が重《おも》くなる。

勉強《べんきょう》をがんばりたいって気持《きも》ちは、ちゃんとある。

それなのに、どうしても気分《きぶん》がのらないというか……**気持《きも》ちがついてこないんだ。**

どうしたらいいかわからないし、集中《しゅうちゅう》できてない自分《じぶん》が情《なさ》けなくて、ますますヘコんで。

そうしている間《あいだ》にも、時間《じかん》はすぎていってしまう。

男子《だんし》たちのためにも自分《じぶん》のためにも、このままじゃ**ダメ**だって思《おも》うのに。

勉強《べんきょう》しなきゃいけない、がんばらなきゃいけないって、**頭《あたま》ではわかってる。**わかってるのに。

……わたしは、どうしたらいいの？

頭《あたま》と心《こころ》が、どんどんバラバラになっていくみたいだよ………。


「――ストップ！」


ドンッと、とつぜん目《め》の前《まえ》にあらわれた長《なが》い脚《あし》。

「えっ!?」

ぶつからないように、あわてて急《きゅう》ブレーキをかける。

「リ、**リツくん!?**」

リツくんが両手《りょうて》をポケットに入《い》れたまま、片足《かたあし》を下駄箱《げたばこ》にのせて、わたしの行《ゆ》く手《て》をふさいでいた。

背負《せお》っているのはランドセル……と、**ギターケース**。

「**行《い》くぞ**、まどち」

「へ？」

「忘《わす》れたのかよ。今日《きょう》は**デートにつれてくっつったろ？**」

あ、そういえば。

先週《せんしゅう》した約束《やくそく》、**今日《きょう》**だったっけ……。

勉強《べんきょう》に追《お》われて、すっかり頭《あたま》から消《き》えてたよ。

「あの、でも……あんまり長《なが》い時間《じかん》はむずかしいかも。わたし、家《いえ》に帰《かえ》ってからも勉強《べんきょう》をしない**といけなくて……**」

「勉強《べんきょう》？　たまにすっぽかしたって、**どう**ってことねーって」

「でも、ケイが……」

「アイツがなんか言《い》ってきたら**オレ様《さま》**が言《い》い返《かえ》してやる。それにまどち、今《いま》『モヤモヤして勉強《べんきょう》**どころじゃない！**』って顔《かお》してるぜ？」

「へ……っ⁉」

（わ、わたし、**そんなに顔《かお》に出《で》てる……？**）

図星《ずぼし》を指《さ》されてどぎまぎするわたしの隙《すき》を見逃《みのが》さず、リツくんはバッと手《て》をつかんだ。

ぐいぐいと手《て》を引《ひ》かれるまま、歩《ある》いていって。

やってきたのは、学校《がっこう》の裏門《うらもん》。

門《もん》に横《よこ》づけする形《かたち》で、一台《だい》の白《しろ》い車《くるま》がとまっていた。

「乗《の》るぞ」

「へ？」

乗《の》るって、この車《くるま》に？

「それはダメ！」

「え？」

キッパリ首《くび》を横《よこ》にふったわたしに、リツくんはめずらしく面食《めんく》らった顔《かお》をした。

「『いかのおすし』だよ！　知《し》ってる人《ひと》でも車《くるま》には『の』らない！　これ、小学生《しょうがくせい》のジョーシキですから！」

防犯《ぼうはん》のための合《あ》い言葉《ことば》。親友《しんゆう》の優《ゆう》ちゃんに幼稚園《ようちえん》のころから口《くち》すっぱく言《い》われつづけて、もう反射的《はんしゃてき》に頭《あたま》に浮《う》かぶくらい体《からだ》にしみついてる。

犯罪《はんざい》に巻《ま》きこまれないために、ふだんからしっかり意識《いしき》しないとね！

口《くち》をキリッと結《むす》んで、リツくんを見《み》つめていると。

ぽかーんとしていたリツくんの顔《かお》が、とつぜん、クシャッとくずれた。

「あははは！」

おなかをかかえて大笑《おおわら》いするリツくん。

「えっ、な、なに？」

「さすがオレ様《さま》がほれた女《おんな》！　まどち、マジおもしれー！」

まるでちいさな子《こ》どものような表情《ひょうじょう》に、こんどはわたしが目《め》をぱちくり。

いつもかっこよくキメてるイメージだったけど、こんな顔《かお》もするんだ……！

「一応《いちおう》、小梅《こうめ》っちには許可《きょか》とってんだけどな。でもたしかに、まどち本人《ほんにん》に納得《なっとく》してもらう前《まえ》に、無理《むり》やりってのはよくねーか」

こうめっち？

リツくんはズボンのポケットからスマホをとりだして操作《そうさ》すると、どこかに電話《でんわ》をかける。

「あ、ちわッス、リツです。まどちにかわりまーす」

ひょいとわたされて電話《でんわ》に出《で》ると、相手《あいて》はおばあちゃんで。

おばあちゃんが言《い》うには、「番組《ばんぐみ》のスタッフさんとリツくんからすでに連絡《れんらく》をもらって、事情《じじょう》はわかってる」って……。

『帰《かえ》りも家《いえ》まで送《おく》ってくださるんだってねぇ。スタボの撮影現場《さつえいげんば》を見学《けんがく》するチャンスなんてそうそうないんだから、帰《かえ》ったら感想《かんそう》たくさん教《おし》えてね～。ウフフ』

なんてルンルンと浮《う》かれた声《こえ》で笑《わら》うと、おばあちゃんはさっさと電話《でんわ》を切《き》ってしまった。

（えぇ……？　**えっと……**）

あっけにとられるわたしの横《よこ》で、リツくんは「スタボのＲＩＴＳＵ《リツ》くんですか？」「キャー！応援《おうえん》してます！」と、通《とお》りすがりの女子高生《じょしこうせい》グループに声《こえ》をかけられてる。

「安心《あんしん》した？」

お姉《ねえ》さんたちに手《て》をふりながら、ニッと笑《わら》うリツくん。

わたしはまだ面食《めんく》らいつつも、おずおずとうなずく。

もともと、デート（？）の約束《やくそく》をしてたのは事実《じじつ》だし、勉強《べんきょう》に追《お》われて、なかなかリツくんとゆっくり話《はな》せるチャンスもなかったし。

それに……おばあちゃんが言《い》ってた「撮影現場《さつえいげんば》の見学《けんがく》」っていうのも、気《き》になっちゃって。

「あ、あの、こんにちは……」

あいさつをしながら、車《くるま》の後部座席《こうぶざせき》に座《すわ》る。

運転席《うんてんせき》には、二十代《だい》くらいの小柄《こがら》なお姉《ねえ》さんが乗《の》っていた。

ラフなＴ《ティー》シャツ姿《すがた》で、ふんわりしたボブヘアーがとても似合《にあ》っている、かわいらしい人《ひと》だ。

「番組《ばんぐみ》スタッフの**モリノさん**。オレ小学生《しょうがくせい》だし、特別《とくべつ》に撮影現場《さつえいげんば》まで送迎《そうげい》してくれることになってんだ。スケジュール管理《かんり》とか連絡《れんらく》とかも、ぜんぶモリノさんが面倒見《めんどうみ》てくれてる」

モリノさんはバックミラー越《ご》しに、「どーもー」と、笑顔《えがお》であいさつしてくれた。

気《き》さくそうな雰囲気《ふんいき》に、すこしホッとする。

「じゃ、車《くるま》出《だ》すねー」

「ウッス。おねがいしまーす」

シートベルトをしめながら、慣《な》れた様子《ようす》でこたえるリツくん。

わたしもあわててシートベルトを装着《そうちゃく》して、彼《かれ》の横顔《よこがお》をまじまじと見《み》る。

「すごいね、本当《ほんとう》に有名人《ゆうめいじん》なんだ……」

さっきも、女子高生《じょしこうせい》のお姉《ねえ》さんたちに騒《さわ》がれてたし。

「まー、今《いま》はまだタマゴだけどな。オレ様《さま》は**ぜったいなるぜ、スーパースターに！**」

自信満々《じしんまんまん》に言《い》うリツくん。

たしかにリツくんなら、**なれるだろうな～！**

ちょっとテレビに出《で》ただけで学校中《がっこうじゅう》の話題《わだい》になってたくらいだし、もっと機会《きかい》が増《ふ》えれば、それこそ世界中《せかいじゅう》が夢中《むちゅう》になるような大《だい》スターになりそう！

「まどちに、**見《み》たことないような景色《けしき》**をいっぱい見《み》せてやるよ」

そう言《い》って笑《わら》う横顔《よこがお》は、夜空《よぞら》を照《て》らす一番星《いちばんぼし》のようにかがやいていて。

見《み》ていて、**キュン**と胸《むね》が高鳴《たかな》った。

8　はじめてのテレビ局《きょく》！

一時間《じかん》ほどで到着《とうちゃく》したのは、東京《とうきょう》にある大《おお》きなビル。

このビルの中《なか》にテレビ局《きょく》のオフィスやスタジオが入《はい》ってて、そこでいろんな番組《ばんぐみ》が撮影《さつえい》されてるんだって。

わたしたちはまず、**「楽屋《がくや》」**とも呼《よ》ばれる、控《ひか》え室《しつ》に案内《あんない》された。

「今日《きょう》は**ボーカルレッスン**の撮影《さつえい》ねー。リツくんは着替《きが》えて準備《じゅんび》しといてね。あ、まどかちゃんもここで待《ま》ってて。そこのおやつとか適当《てきとう》に食《た》べてていいからー」

「えっ、あ、ありがとうございます……！」

「じゃ、またあとで来《く》るねー！」

てきぱきと言《い》って、あわただしく出《で》ていくモリノさん。

パタンとドアが閉《し》まると、あらためて部屋《へや》の中《なか》を見《み》まわしてみる。

三畳《じょう》くらいの、こぢんまりとした部屋《へや》。

壁際《かべぎわ》には大《おお》きな鏡《かがみ》のついたカウンター机《づくえ》と、イスがふたつならんでいる。

「今日《きょう》は個室《こしつ》だからちいさめかな。前《まえ》は、広《ひろ》い楽屋《がくや》に三十人《にん》くらいで一緒《いっしょ》だったこともあるぜ」

「へ～！」

テレビ局《きょく》の控《ひか》え室《しつ》って、こんな感《かん》じなんだ……。

はじめて見《み》る場所《ばしょ》に興味《きょうみ》しんしんでいると、リツくんはさっそく奥《おく》のイスに腰《こし》かけた。

ポケットからスマホをとりだして、カウンター机《づくえ》の上《うえ》にちいさな三脚《さんきゃく》でセットする。

「はやくまどちに聞《き》かせたかったんだ、**新曲《しんきょく》！**」

わくわくをおさえきれないって表情《ひょうじょう》で、エレキギターをひざにのせて。

ギターの柄《え》についているネジのようなものをいじりながら、軽《かる》く音《おと》を出《だ》していく。

指先《ゆびさき》で持《も》っているのは、ちいさな三角形《さんかくけい》のカードみたいなもの。

「それをつかって、弦《げん》をはじくの？」

「そー、**ピック**っていうんだぜ」

（そういえば、リツくんがギターを弾《ひ》くところをちゃんと見《み》るの、あの朝礼台《ちょうれいだい》以来《いらい》かも……）

学校《がっこう》はギター持《も》ちこみ禁止《きんし》だし、曲《きょく》を聞《き》かせてくれるのもアカペラだったから。

「ほんとはガツンとデカい音《おと》でやりたいんだけどなー。こないだ楽屋《がくや》で気持《きも》ちよく弾《ひ》いてたら、大御所《おおごしょ》の芸能人《げいのうじん》から『うるせー』って苦情《くじょう》きちゃって、モリノさんにめっちゃ怒《おこ》られてー」

八重歯《やえば》をのぞかせて、やんちゃな笑《え》みを浮《う》かべるリツくん。

おしゃべりをしながら、ランダムな音《おと》を出《だ》していたかと思《おも》ったら、

♪〜


そのメロディーは、とつぜんはじまった。

(わぁ……！)

ゆったりとしたテンポの、さわやかな音色《ねいろ》。

まるでちがう世界《せかい》にワープするみたいに、一瞬《いっしゅん》で引《ひ》きこまれる。

「♪〜校庭《こうてい》を走《はし》るキミは　百パー・エンジェル
羽《はね》が見《み》えるぜ　スーパー・バタフライ
キミはそう　アジフライより　エビフライ派《は》なんだろ……？」

リツくんが歌《うた》いはじめると、体《からだ》がふわりと浮《う》き上《あ》がるような、不思議《ふしぎ》な感《かん》じがした。

広《ひろ》い草原《そうげん》にサラリと吹《ふ》く風《かぜ》みたいな、やさしい歌声《うたごえ》。

とっても心地《ここち》がよくて、なぜだか自然《しぜん》と元気《げんき》がわいてくる。

……あいかわらず、歌詞《かし》が独特《どくとく》だけど。

「すごい！　いい曲《きょく》だね！」

「だろ？」

得意《とくい》げに笑《わら》うリツくん。

ギターをいったん横《よこ》に置《お》き、テーブルに置《お》いていたスマホを手《て》にとる。

「なー、まどち。ちょっと動画編集《どうがへんしゅう》手伝《てつだ》ってくんない？」

「えっ……動画《どうが》、へんしゅう？」

思《おも》いがけない言葉《ことば》に、目《め》をぱちくり。

動画《どうが》を、編集《へんしゅう》……撮《と》るだけならわかるけど、編集《へんしゅう》？

リツくんはスマホを操作《そうさ》しながら話《はなし》をつづける。

「オレ、作曲中《さっきょくちゅう》とか演奏《えんそう》してるとこの動画《どうが》を撮《と》るのが好《す》きでさ。あとから見返《みかえ》しやすいように、編集《へんしゅう》してまとめとくんだ。ほら、動画投稿《どうがとうこう》サイトとかで、歌手《かしゅ》が弾《ひ》き語《がた》りしてる動画《どうが》あるじゃん。下《した》のほうに歌詞《かし》ついてたりするやつ」

「弾《ひ》き語《がた》り……？」

うーん、あんまりそういう動画《どうが》って見《み》たことないからなぁ。

「まぁ、じっさいに見《み》てもらったほうがはやいか。まどち動画編集《どうがへんしゅう》やったことある？」

「わたし？　ないない！」

そんなの、もちろんやったことないよ。

わたし、スマホやタブレットの操作《そうさ》もちゃんとわかってなくて、どっちかっていうと、機械系《きかいけい》はおばあちゃんのほうが得意《とくい》なくらいだもん。

「じゃー、とりあえず一緒《いっしょ》にやってみようぜ。**けっこー簡単《かんたん》**だからさ」

リツくんは、かばんからノートパソコンをとりだしてわたしの前《まえ》に置《お》いてくれた。

うつっているのは、さっき撮《と》った、リツくんが弾《ひ》き語《がた》りをしてる動画《どうが》の、一時停止画面《いちじていしがめん》。

そのまわりに、いろんなボタンや数字《すうじ》、横長《よこなが》のバーとかが、いっぱいならんでる。

「編集《へんしゅう》ソフトによってできることはそれぞれだけど、たとえば歌《うた》にあわせて歌詞《かし》を表示《ひょうじ》させるには……」

リツくんが、慣《な》れた様子《ようす》で画面《がめん》を操作《そうさ》していく。

動画《どうが》を再生《さいせい》させて音声《おんせい》を確認《かくにん》しながら、キーボードで文字《もじ》を入力《にゅうりょく》して……。

「これで、ほら。字幕《じまく》がついた」

「わぁ、ほんとだ！」

動画《どうが》のリツくんが歌《うた》うのにあわせて、**その歌詞《かし》が文字《もじ》で表示《ひょうじ》されるようになった！**

知《し》らなかった。文字《もじ》の入《はい》ってる動画《どうが》って、こんなふうにつくられてるんだ！

「あとはいらない部分《ぶぶん》を切《き》り取《と》ったり、特殊効果《とくしゅこうか》でキラキラさせたりもできるぜ。それから、たとえばべつの動画《どうが》とくっつけたり……」

画面《がめん》が切《き》りかわり、こんどはパソコンの動画《どうが》フォルダが表示《ひょうじ》される。

ずらーっとならぶ、大量《たいりょう》の動画《どうが》のサムネイル。

どれも、ギターとリツくんが映《うつ》ってるものばかりだ。

「これ、**ぜんぶリツくんがギター弾《ひ》いてる動画《どうが》？**」

「そ。ギター演奏《えんそう》だけのときも、弾《ひ》きながら歌《うた》ってるときもあるけど。ヒマさえあればやってるから、動画《どうが》どんどんたまっちゃうんだよなー。あ！　編集《へんしゅう》したやつ、あとでまどちにも送《おく》るな！」

「うん、ありがとう！」

（わ～、すごいなぁ……！）

たくさんの動画《どうが》をおどろきながらながめつつ、同時《どうじ》に、「なるほど」と納得《なっとく》した。

リツくんはみんなの知《し》らないところで、こんなにたくさん、ギターも歌《うた》も練習《れんしゅう》してるんだ。

しかも、どの動画《どうが》に映《うつ》ってるリツくんも、心《こころ》から楽《たの》しそうな表情《ひょうじょう》で。

練習《れんしゅう》の時間《じかん》を、大変《たいへん》だとか辛《つら》いとかこれっぽっちも思《おも》ってなくて、本当《ほんとう》に音楽《おんがく》が大好《だいす》きなんだっていうのがつたわってくる。

リツくんの音楽《おんがく》がみんなの心《こころ》を動《うご》かす理由《りゆう》が……すごく、わかった気《き》がする。

「……そういえば、リツくんって、いつ人間《にんげん》の姿《すがた》になったの？」

ふと気《き》になって聞《き》いてみた。

これだけの量《りょう》の動画《どうが》、撮《と》るにはけっこうな時間《じかん》がかかってそうだし。

「うーん」

リツくんが考《かんが》えこむ。

「ちゃんと覚《おぼ》えてねーけど……たぶん、夏休《なつやす》みがはじまってすこしたったくらい？」

「えっ、じゃあ、一か月近《げっちか》く前《まえ》ってこと？」

だったらどうして……。

「すぐに会《あ》いに来《こ》なかったかって？」

わたしの心《こころ》を見透《みす》かすように言《い》って、リツくんはニッと笑《わら》う。

「もちろん、すぐにでもまどちに会《あ》いに行《い》きたかったぜ？　でも、ただフツーに行《い》くんじゃ、フツーすぎてつまんねーじゃん。オレ、フツーってきらいなんだよ」

「つまんない……って、どういうこと？」

頭《あたま》の中《なか》がはてなマークだらけ。

きょとんとするわたしを前《まえ》にして、リツくんは自信《じしん》にみちた表情《ひょうじょう》で胸《むね》をそらす。

「有名人《ゆうめいじん》になってから、バーンと登場《とうじょう》したほうがカッケーだろ？　だからオーディション番組《ばんぐみ》に出《で》て、名前《なまえ》と顔《かお》をしっかり世《よ》の中《なか》に売《う》ってから会《あ》いに来《き》たってワケ！」

ニシシと、歯《は》を見《み》せて笑《わら》うリツくん。

「カッケーから」ってオーディションに挑戦《ちょうせん》して、本当《ほんとう》に有名《ゆうめい》になっちゃって、って……すごい。

やろうと思《おも》ってできることじゃないよね。

（リツくんって、おもしろい人《ひと》だなぁ……）

ちょっと強引《ごういん》で、でも音楽《おんがく》に対《たい》してはものすごく真剣《しんけん》で。

小《ちい》さな子《こ》どもみたいにむじゃきなところもあって……。

すこしずつだけど、リツくんのこと、わかってきたかも。

「んでさー、今《いま》、この曲《きょく》のアレンジを考《かんが》えてて……」

話《はなし》をつづけようとした彼《かれ》の声《こえ》をさえぎるように、ガチャリとドアがひらいた。

「リツくん、そろそろ集合《しゅうごう》ー……って、まだ着替《きが》えてないし！」

あわただしくとびこんできたモリノさんが、リツくんを見《み》てずっこける。

「ほら、いそいで準備《じゅんび》して！　遅《おく》れたら私《わたし》が怒《おこ》られるんだから！」

「ほーい」

モリノさんにせっつかれて、腰《こし》を上《あ》げるリツくん。

モリノさんは忙《いそが》しそうに紙《かみ》を確認《かくにん》したり、どこかに連絡《れんらく》をとったりしながら、ふとわたしのほうを見《み》た。

「あ、まどかちゃん見学《けんがく》してく？　ついてきていいよ！」


撮影現場《さつえいげんば》には、緊張感《きんちょうかん》のある独特《どくとく》の空気《くうき》がただよっていた。

まず、想像以上《そうぞういじょう》に大勢《おおぜい》のスタッフさんがいることにビックリする。オーディションの参加者《さんかしゃ》だけでも、リツくんを入《い》れて十数人《じゅうすうにん》くらいいるのに、スタッフさんはその倍以上《ばいいじょう》はいるみたい。

全体《ぜんたい》を見《み》ながら指示《しじ》を出《だ》す人《ひと》、大《おお》きな照明《しょうめい》を移動《いどう》させる人《ひと》、何台《なんだい》ものカメラをそれぞれ操作《そうさ》する人《ひと》、出演者《しゅつえんしゃ》のメイクを整《ととの》える人《ひと》……。

たくさんの人《ひと》が、スタジオの中《なか》をあわただしく駆《か》けまわっている。

（わぁ……）

圧倒《あっとう》されながら、わたしはスタジオのはじっこからその様子《ようす》を見守《みまも》る。

たくさんのカメラが囲《かこ》む中央《ちゅうおう》のスペースに置《お》かれているのは、電子《でんし》ピアノ。

今日《きょう》の撮影《さつえい》は、ボイストレーナーの先生《せんせい》が、オーディションの参加者《さんかしゃ》ひとりひとりに歌《うた》の指導《しどう》をしていくっていう内容《ないよう》みたいなんだけど……。

その先生《せんせい》が、ちょっと厳《きび》しめというか。

いざ撮影《さつえい》がはじまると、その熱血指導《ねっけつしどう》についていけず、悔《くや》し涙《なみだ》を流《なが》す参加者《さんかしゃ》もいた。

モリノさんによると、次回《じかい》の撮影《さつえい》では発表会《はっぴょうかい》と審査《しんさ》があって、ここにいる半分《はんぶん》の人《ひと》が脱落《だつらく》してしまうらしい。

そのせいか、参加者《さんかしゃ》はみんなすごく必死《ひっし》で、こわばった顔《かお》をしていて……。

息《いき》が苦《くる》しくなるような、ヒリヒリした空気《くうき》を肌《はだ》で感《かん》じる。

「──では、つぎ、ＲＩＴＳＵ《リツ》入《はい》りまーす！」

「リツです！　お願《ねが》いしまーすっ！」

名前《なまえ》を呼《よ》ばれると、リツくんはだれよりも大《おお》きな声《こえ》であいさつした。

──その瞬間《しゅんかん》、**その場《ば》の空気《くうき》がガラリと変《か》わった気《き》がした。**

真剣《しんけん》な表情《ひょうじょう》でレッスンにいどむリツくん。

トレーナーの先生《せんせい》から厳《きび》しい言葉《ことば》がむけられても、まったくへこたれず、前《まえ》むきにくらいついていく。

歌《うた》がうまいだけじゃない。

熱《あつ》く、ひたむきにがんばるその姿《すがた》からは、「歌《うた》うのが大好《だいす》きで楽《たの》しくてしょうがない」って気《き》持《も》ちが、こっちまでつたわってきて。

（がんばれ、リツくん……！）

気《き》づくと、心《こころ》の底《そこ》からリツくんのことを応援《おうえん》していた。

そしてまわりにいる人《ひと》たちも、同《おな》じように彼《かれ》を熱心《ねっしん》に見《み》つめているのがわかる。

彼《かれ》の歌声《うたごえ》をもっと聞《き》いていたい。もっともっと、って。

どんどん引《ひ》きこまれて、知《し》らないうちに夢中《むちゅう》になってる。

リツくんはやっぱり……不思議《ふしぎ》な人《ひと》だ。


「まどち、どうだった!?」

出番《でばん》が終《お》わるなり、リツくんが駆《か》けよってきた。

わたしは興奮《こうふん》をおさえきれないまま、彼《かれ》の顔《かお》をまっすぐ見《み》る。

「すごい……すごかったよ、リツくん！」

あふれるような幸《しあわ》せな気持《きも》ち。

あんなに緊張感《きんちょうかん》のある撮影《さつえい》だったのに、自分《じぶん》が自然《しぜん》と笑顔《えがお》になっているのがわかる。

この気持《きも》ちを、うまく言葉《ことば》にできないのがもどかしい。

だけど、すごく……すごく感動《かんどう》した！

「それそれ、その顔《かお》！」

リツくんが、ぱあっと目《め》をかがやかせて笑《わら》う。

「そういう顔《かお》がみたくて、オレは音楽《おんがく》やってんだ！」

9　へとへとメーターってなに!?

撮影《さつえい》が終《お》わると、わたしたちは控《ひか》え室《しつ》にもどって荷物《にもつ》をまとめた。

今日《きょう》の予定《よてい》はこれでおしまい。モリノさんが車《くるま》で家《いえ》まで送《おく》ってくれるというので、一階《かい》のラウンジでおむかえを待《ま》つことになっている。

（それにしても……テレビ局《きょく》って、歩《ある》くだけでちょっと緊張《きんちょう》しちゃうなぁ）

「もしかしたら有名人《ゆうめいじん》とすれちがっちゃうかも？」とか思《おも》ったりして。

エレベーターに乗《の》るだけでも、ドキドキだよ。

「オレの音楽《おんがく》の原点《げんてん》ってさー、**まどち**なんだよな」

慣《な》れた様子《ようす》でボタンを押《お》しながら、リツくんが言《い》った。

「へ？　げんてん……」

「んー、**出発点**《しゅっぱつてん》って感《かん》じの意味《いみ》かな」

「リツくんの音楽《おんがく》の出発点《しゅっぱつてん》……えっ、**わたしが？**」

でもわたし、ピアノとかの習《なら》い事《ごと》はしてないし、楽器《がっき》も弾《ひ》けないよ？

前《まえ》にママが、「パパは音楽《おんがく》が好《す》きで、若《わか》いころはピアノも弾《ひ》いてた」とは言《い》ってたけど……わたしと音楽《おんがく》のつながりって、それくらい……？

首《くび》をひねっていると、リツくんがフッと楽《たの》しげな笑《え》みを浮《う》かべた。

「ほら、まどち、よく**オリジナルの歌**《うた》、うたうじゃん？　教科書時代《きょうかしょじだい》にたまに聞《き》こえてきてたんだよ。あれ、マジ好《す》きでさー」

オリジナルの歌《うた》……？

一瞬《いっしゅん》きょとんとしたあと、「あ」と思《おも》い当《あ》たる。

「そ、それは、**ママが……**」

わたしのママは、歌《うた》うのが好《す》きだったんだ。

庭《にわ》で植物《しょくぶつ》のお世話《せわ》をするときとか、お風呂《ふろ》に入《はい》りながらとか。家《いえ》のどこからか、ママの鼻歌《はなうた》がよく聞《き》こえてきたっけ。

そんなママの影響《えいきょう》か、わたしも、けっこうひとりで歌《うた》をうたってることがあるかもしれない。

一度《いちど》うたったらすっかり忘《わす》れてしまうような、本当《ほんとう》にその場《ば》だけの、思《おも》いつきの音楽《おんがく》。

歌詞《かし》も「プリン〜大好《だいす》き〜♪」とか、「明日《あした》はおでかけ〜♪」とか、超《ちょう》テキトー。

だけど、正解《せいかい》のないその自由《じゆう》さが、心地《ここち》よくて気《き》がぬけて……好《す》きなんだと思《おも》う。

「でも、なんか、はずかしいな。人《ひと》に聞《き》かせるつもりなんてまったくなくて、なにも考《かんが》えずにうたってただけだし……」

「はずかしがる必要《ひつよう》なんかねーよ！」

思《おも》いがけず真剣《しんけん》な声《こえ》で、リツくんは言《い》った。

「**まどちの音楽《おんがく》がオレの魂《たましい》をゆさぶった。**それはまぎれもない事実《じじつ》だ。まどちはスゲー」

熱《ねつ》のこもった言葉《ことば》。

ちょっぴりビックリしつつも、「ありがとう」と、すなおにお礼《れい》を言《い》う。

（わたしの音楽《おんがく》、か……）

自分《じぶん》でも無意識《むいしき》のうちにやっていた、ママから受《う》け継《つ》いだクセみたいなもの。

それを、こんな風《ふう》にまっすぐほめてもらえるのって、すこしくすぐったくて……。

だけど同時《どうじ》に、とてもあったかい気持《きも》ちになる。

「ポーン」と音《おと》がして、エレベーターの扉《とびら》がひらいた。

到着《とうちゃく》したのは一階《かい》。

リツくんのあとにくっついて、高《たか》そうなツルツルしたタイルが敷《し》きつめられた広《ひろ》い廊下《ろうか》を歩《ある》いていく。

目的地《もくてきち》のラウンジは、受付《うけつけ》のすぐ近《ちか》くにあった。

一面《いちめん》ガラス張《ば》りの壁《かべ》の前《まえ》に、ソファーや、丸《まる》いテーブルとイスのセットがいくつか並《なら》んでいて。

そこでだれかを待《ま》っている人《ひと》や、打《う》ちあわせをしている人《ひと》たちもいるみたい。

「オレは、**まどちの音楽《おんがく》に救《すく》われた**んだぜ」

近《ちか》くのイスに腰《こし》かけながら、リツくんが言《い》った。

え？　と目《め》をまたたかせ、わたしもむかいに座《すわ》る。

「ほら、音楽《おんがく》って、週《しゅう》に一、二回《かい》くらいしか授業《じゅぎょう》ないだろ？」

リツくんは、フッとなつかしそうにほほえみながらつづける。

「教科書《きょうかしょ》だったころ、あんま出番《でばん》なくて本棚《ほんだな》でボケーッとしててもさ、まどちの歌声《うたごえ》が聞《き》こえてくると、たちまち元気《げんき》になれたんだ。**あんな歌《うた》つくれたらなー**って、目標《もくひょう》ができた」

「わたしの歌《うた》で……？」

「ああ。だから、ママさんをなくしてまどちが泣《な》いてるとき、なんもできねー自分《じぶん》に**本気《ほんき》で嫌気《いやけ》がさした**よ。しかも、オレをさしおいて、ほかの教科書《きょうかしょ》たちはどんどん人間《にんげん》の姿《すがた》になってくしさ

ー。**『オレもぜってー人間《にんげん》になってやる！』**って、ずっとずっと、ずーっと思《おも》いつづけてた」

ふいに、リツくんがわたしの手《て》をにぎった。

「――オレの音楽《おんがく》で、キミを笑顔《えがお》にしたい」

どきんっ、と心臓《しんぞう》が鳴《な》る。

リツくんはいつになく真剣《しんけん》なまなざしで、わたしの目《め》を見《み》つめている。

「音楽《おんがく》は、うれしいときも辛《つら》いときも、大事《だいじ》な人《ひと》の心《こころ》によりそえる。近《ちか》くにいなくても……**その人《ひと》の心《こころ》の中《なか》で響《ひび》きつづけることができる**」

ゆっくり、ひとつずつ言葉《ことば》をえらびながら。

ギュッと、わたしの手《て》をにぎる指《ゆび》に、力《ちから》がこめられる。

「まどちが、自分《じぶん》の行《い》きたい道《みち》をまっすぐ歩《ある》いていけるように……**まどちの人生《じんせい》をまるごと応援《おうえん》する曲《きょく》を、オレはつくりつづけたいんだ**」

その力強《ちからづよ》い言葉《ことば》は、わたしの心《こころ》のまんなかに、まっすぐ届《とど》いた。

（わたしの人生《じんせい》を、まるごと応援《おうえん》する曲《きょく》……）

なんてあったかくて、勇気《ゆうき》づけられる言葉《ことば》なんだろう。

わたしが今《いま》までがんばってきたことも、これからがんばりたいと思《おも》ってることも。

ぜんぶ、ちゃんと認《みと》めてもらえてるって……なんてうれしいんだろう。

彼《かれ》の音楽《おんがく》をきいたときと同《おな》じ——心《こころ》がふるえて、幸《しあわ》せがあふれてくる感覚《かんかく》がして。

ちょっぴり泣《な》きそうになってたら、リツくんは、パッとむじゃきな笑《え》みを浮《う》かべた。

「そんでさ、この世界中《せかいじゅう》の人《ひと》たちみーんなまとめて笑顔《えがお》にして、笑顔《えがお》でいっぱいのハッピーな世《せ》界《かい》をまどちにプレゼントしてーんだ！　だからオレの夢《ゆめ》は、**音楽《おんがく》でビッグなスターになること！**」

両手《りょうて》を広《ひろ》げて高《たか》らかに宣言《せんげん》するリツくん。

そのうしろに、希望《きぼう》にあふれた世界《せかい》が広《ひろ》がっているのが見《み》える。

リツくんが描《えが》く「**未来《みらい》**」。

その中《なか》にわたしもちゃんといるのが、うれしくて。

不安《ふあん》も迷《まよ》いもないその瞳《ひとみ》がまぶしくて、かっこよくて。

「うん……すごく、**すっごく素敵《すてき》な夢《ゆめ》だと思《おも》う……！**」

こぼれそうになる涙《なみだ》を指《ゆび》でぬぐいながら言《い》うと、リツくんはめずらしく照《て》れたようにはにかんで、ほおをかく。

「へへ。好《す》きな女《おんな》にほめられると、やっぱスゲーうれしいな！」

「す、好《す》きな……」

ドキリと息《いき》をのむ。

（リツくん……本気《ほんき》なのかな？）

毎日《まいにち》、たくさん、いろんな言葉《ことば》をもらってるけど……まだ、ちゃんと真剣《しんけん》な場《ば》でその気持《きも》ちをたしかめられてない。

わたしは意《い》を決《けっ》して、彼《かれ》の目《め》を見《み》る。

「あの、リツくん……」

「そういや『**へとへとメーター**』も回復《かいふく》してきてるっぽいし、やっぱ音楽《おんがく》ってスゲーよなー」

両手《りょうて》を頭《あたま》のうしろにまわしながら、なにげない口調《くちょう》で言《い》ったリツくん。

（ん……？　**へとへとメーター…？**）

ふいに彼《かれ》の口《くち》からとびだした単語《たんご》に、言《い》いかけたことが、ふきとんだ。

はじめて聞《き》くのに、なぜか忘《わす》れていた**大切《たいせつ》なこと**を言《い》い当《あ》てられたような、みょうな感《かん》じがして。

同時《どうじ》に、頭《あたま》の中《なか》で見《み》えるあの数字《すうじ》へと、意識《いしき》がむかう。

わたしの寿命《じゅみょう》――のこり「19」の、赤《あか》い数字《すうじ》。

（…………あれ？）

ふとおぼえた違和感《いわかん》に、さらに意識《いしき》を集中《しゅうちゅう》させる。

数字《すうじ》の下《した》の部分《ぶぶん》に、なにか……**なにか、ある。**

横長《よこなが》の、**棒《ぼう》グラフ**のようなもの……？

（えっ……こんなの、あったっけ？）

グラフの色《いろ》は、黒《くろ》と明《あか》るいオレンジ色《いろ》で、半々《はんはん》くらい。

しばらくじっと見《み》つめてたら、左側《ひだりがわ》のオレンジ色《いろ》が、ぐいーんと右側《みぎがわ》にのびていき――黒《くろ》い部分《ぶぶん》が、すべてオレンジ色《いろ》へと変《か》わった。

「な……なに、**このオレンジの……？**」

とつぜん頭《あたま》の中《なか》にあらわれた、なぞの棒《ぼう》グラフ。

混乱《こんらん》してうろたえていたら、リツくんがおどろいたように目《め》を見《み》ひらいた。

「もしかして、まどちは気《き》づいてなかったのか？　**へとへとメーター**」

「へ、へとへとメーター？　このオレンジ色《いろ》の棒《ぼう》グラフのこと？」

リツくんは真剣《しんけん》な表情《ひょうじょう》で、こくりとうなずく。

「オレもこの姿《すがた》になってから頭《あたま》の中《なか》でずっと見《み》えてんだ。んで、このオレンジ色《いろ》は、ゲームのキャラの体力《たいりょく》みたいに、減《へ》ったり増《ふ》えたりする。ついさっきまで、半分《はんぶん》くらい黒《くろ》になってたぜ」

わたしに見《み》えてるこのメーターも、さっきまで半《はん》分《ぶん》くらい黒《くろ》だった！

「これ、リツくんも同《おな》じのが見《み》えてるってこと？」

「おう」とこたえて、リツくんはつづける。

「オレには、ほかの科目男子《かもくだんし》たちみたいな寿命《じゅみょう》のカウントダウンはないって言《い》っただろ？　けど、かわりに、まどちの『**心《こころ》の元気《げんき》さ**』で左右《さゆう》されるこのメーターがあるみてーなんだよなー」

「えっ、わたしの、心《こころ》の元気《げんき》さ……？」

「まどちが勉強《べんきょう》でへとへとになると減《へ》ってくんだ。んで、『へとへとメーター』ってワケ。毎日《まいにち》、近《ちか》くでまどちの様子《ようす》を見《み》ながら確認《かくにん》したから、まちがいないぜ」

言《い》われて考《かんが》えてみて、「あ」と思《おも》い当《あ》たる。

たしかにここ最近《さいきん》、根《こん》をつめて勉強《べんきょう》していたからか、すこしつかれたなって感《かん》じてた。

がんばっても成績《せいせき》が上《あ》がらないし、どんどん気分《きぶん》がモヤモヤしていって、集中《しゅうちゅう》できなくなって……。

その影響《えいきょう》で、このメーターが減《へ》っていってたのかな？

「ねぇ、このメーターが減《へ》ると、リツくんはどうなっちゃうの？」

「さーな？　今《いま》のところ、体《からだ》のどこにも変化《へんか》はねーけど……」

自分《じぶん》の手《て》にちらりと目《め》をやってから、リツくんは眉《まゆ》をくもらせる。

「ただ、メーターがゼロになれば、**なにかしらよくないことが起《お》きそうな気《き》はするな**」

よくないこと……。

心《こころ》の中《なか》に、不安《ふあん》がたちこめる。

（それって、**つまり……**）

つまり、五人《にん》の科目男子《かもくだんし》とわたし自身《じしん》の命《いのち》のために、もちろん勉強《べんきょう》はがんばらなきゃいけない。

でもがんばりすぎてつかれてくると、今度《こんど》は、リツくんがピンチになってしまうかもしれない、ってこと……？


「あ！　このメーターのこと、**あいつらには言《い》わないでくれ！**　とくにケイのやつにはな」

リツくんが早口《はやくち》で言《い》った。

「もちろん、今《いま》は五科目《かもく》の勉強《べんきょう》が必要《ひつよう》だってことはわかってるぜ。だからオレも今日《きょう》までデート我慢《がまん》してきたし、まどちのことも本気《ほんき》で応援《おうえん》してる。けどな……あいつらに気《き》をつかわれるのは、**オレのプライドが許《ゆる》さねーんだ**」

キッと眉《まゆ》をつりあげて言《い》うリツくん。

「あ、えっと……」

頭《あたま》が混乱《こんらん》しすぎてて、うまく返事《へんじ》ができない。

自分《じぶん》の寿命《じゅみょう》も、五人《にん》のことも大事《だいじ》。でも、リツくんのことだって……。

（わたしは、いったいどうしたら……）

「オレ様《さま》に、いい考《かんが》えがある！」

ふいに、リツくんが立《た》ち上《あ》がった。

「勉強《べんきょう》と、へとへとメーター、どっちの問題《もんだい》もイッキに解決《かいけつ》する方法《ほうほう》！　なんだかわかるか？」

「え？　な、なんだろ……」

目《め》をぱちくりさせるわたしに対《たい》して、彼《かれ》は、よゆうたっぷりの笑顔《えがお》。

テーブルに手《て》をつき、ずいとこちらへ顔《かお》をよせて――。


「――**オレ様《さま》と付《つ》き合《あ》おうぜ**、まどち」


………へっ⁉

唐突《とうとつ》すぎる衝撃発言《しょうげきはつげん》に反応《はんのう》できずにいると、リツくんはうれしそうに言葉《ことば》をつづける。

「恋《こい》をすればいつでもハッピー！　つかれなんてふっとぶだろ？　ついでに勉強《べんきょう》もはかどる！」

「ええ～～～っ⁉」

なんでそんな話《はなし》になるの⁉

つ、付《つ》き合《あ》うって、その……**カレシとカノジョになるってことだよね？**

「い、**いやいやいや……**」

「恋《こい》はスゲーんだぜ？　オレ様《さま》もまどちに恋《こい》をしたから夢《ゆめ》を見《み》つけられたし、ギターもどんどん上手《うま》くなった。まどちもぜったい成績《せいせき》アップすると思《おも》う！」

「い、いや、いやいや！　ま、まま……」

「マジでいいアイディアだって？　だろー？」

「ま？　**ちがうちがうちがう！**　待《ま》って待《ま》って！」

両手《りょうて》で大《おお》きくばってんをつくりながら、顔《かお》をかくす。

つ、付《つ》き合《あ》うって？　**わたしと、リツくんが??**

超人気者《ちょうにんきもの》で有名人《ゆうめいじん》のリツくんが……初恋《はつこい》もまだで、恋《こい》がなんなのかもよくわかってないわたしと!?

ダメだ……**衝撃《しょうげき》が強《つよ》すぎて、まともに言葉《ことば》が出《で》てこない！**

「ほら、なにごともチャレンジしてみなきゃ、わかんねーじゃん。へとへとメーターがどういうルールで回復《かいふく》すんのか、今《いま》は思《おも》いついた方法《ほうほう》をイチから試《ため》していくしかないわけだしさー」

「で、でも……」

「**悩《なや》んでる時間《じかん》がもったいねーよ。**迷《まよ》ったら行動《こうどう》！　ダメならやり直《なお》し！　とりあえず実力《じつりょく》テストまでの期間限定《きかんげんてい》、お試《ため》し恋愛《れんあい》でいいから！　な？」

とぎれることなくしゃべりつづけるリツくん。

頭《あたま》の中《なか》がフワフワしてなにも考《かんが》えられないうちに、ガッと肩《かた》をつかまれる。

「っ……」

「**――何度《なんど》でも言《い》う。オレはキミが好《す》きだ。大好《だいす》きだ**」

わたしの目《め》をとらえる、まっすぐな瞳《ひとみ》。

つよい意志《いし》の宿《やど》ったそのまなざしに、心臓《しんぞう》をわしづかみにされる。

「**オレを信《しん》じろ。**一緒《いっしょ》に未来《みらい》をつかみとろうぜ？」

まるで光《ひかり》を背負《せお》っているかのように、全身《ぜんしん》からキラキラと輝《かがや》きをはなつ彼《かれ》。

さらに頭《あたま》がまっしろになって、なにがなんだかよくわからないまま、ポケーッとしてたら。

とつぜんリツくんが、「よっしゃ！」と、大《おお》きくガッツポーズした。

「**ヨロシクな、まどち！**」

はしゃぎながらわたしの横《よこ》へ来《き》て、手《て》をさしだすリツくん。

「え？」

よろしく……？

わたしはしどろもどろのまま、とっさにその手《て》をにぎりかえす。

「ヨシ！　これで**正式《せいしき》にカレカノだな！**」

「へ？」

「今《いま》うなずいたし！　握手《あくしゅ》もしたし！」

「えっ、えっ？」

う、**うなずいた？**　っていうか、**この握手《あくしゅ》は……？**

しっかりとリツくんの手《て》とにぎりあってる自分《じぶん》の手《て》を、まじまじと見《み》つめる。

え……これで、付《つ》き合《あ》うことになった……って、こと？

ほんとの、ほんとに？

「って、ちょ、ちょっと……！」

油断《ゆだん》してたら、リツくんがわたしの肩《かた》に腕《うで》をまわしてひきよせた。

「照《て》れんなって。付《つ》き合《あ》ってんだから、こんくらいフツーだろ？」

「フ、**フツーじゃないです！**」

「彼氏《かれし》として全力《ぜんりょく》で幸《しあわ》せにするから、覚悟《かくご》しとけよ？」

耳元《みみもと》でささやかれて、ボンッと顔《かお》が爆発《ばくはつ》する。

ひぃ――――――っ！

やっぱムリかも!!

期間限定《きかんげんてい》とはいえ、わたしには、**「付《つ》き合《あ》う」とかまだ早《はや》すぎたかも〜〜〜っ!!**
真《ま》っ赤《か》になった顔《かお》を、両手《りょうて》でおおっていたら。

「——リッ!」

とつぜん、どこからかひびいた、聞《き》き覚《おぼ》えのある声《こえ》。
(えっ……?)
ハッとして声《こえ》の主《ぬし》をさがすと——。
そこに立《た》っていたのは、意外《いがい》すぎる人《ひと》だった。

10　勉強《べんきょう》コーチ・まどか先生《せんせい》？

「えっ、**ソフィーさん!?**」

エントランスのほうから歩《ある》いてくるのは、ソフィーさん。

リツくんが「ゲッ」と声《こえ》をもらして、あわてたようにサングラスをかけてあとずさる。

「逃《に》がさないわよ！」

ソフィーさんはキラーンと目《め》を光《ひか》らせると、わずか一瞬《いっしゅん》のうちにリツくんとの距離《きょり》をつめ、その腕《うで》をがっちりつかんだ。

「ギャー！　ひ、ひとちがいッス！」

「いいえ、あなたは音楽《おんがく》リツ。私《わたし》は保護者《ほごしゃ》のソフィー・イマイよ」

「てか**ヤバい**って！　ねーさん足《あし》はやすぎ！　力《ちから》つよすぎ！」

「おほめの言葉《ことば》ありがとう。ところで、あなたに言《い》わなきゃいけないことが**三つ**ほどあるわ」

じたばたするリツくんに対《たい》して、眉《まゆ》ひとつうごかさずに淡々《たんたん》と言葉《ことば》を返《かえ》すソフィーさん。

ついでにサッとリツくんの顔《かお》からサングラスを回収《かいしゅう》して、自分《じぶん》の胸《むね》ポケットにさす。

「えー、えー？　なんスかねー？　**オレ様《さま》がイケメンすぎて、ファンの女子《じょし》たちが家《いえ》につめかけてる**とか？」

タジタジと目《め》をそらしながら、おでこをかくリツくん。

いつでもよゆうたっぷりで自信満々《じしんまんまん》なのに、こんな姿《すがた》はじめて見《み》た！

「まじめに聞《き》きなさい」

ソフィーさんは厳《きび》しい表情《ひょうじょう》で、リツくんを正面《しょうめん》から見《み》すえる。

「ひとつめは**円《まどか》を勝手《かって》につれだしたこと**。円《まどか》のご家族《かぞく》にあらかじめ連絡《れんらく》していたことは評価《ひょうか》するけど、あなた自身《じしん》も未成年《みせいねん》であることを忘《わす》れないで。つぎから外出内容《がいしゅつないよう》や同行者《どうこうしゃ》に変更《へんこう》がある場《ば》合《あい》は、かならず私《わたし》に相談《そうだん》し、許可《きょか》をとりなさい」

「ウ、ウス……」

「つぎ、ふたつめ」

言《い》いながら、ソフィーさんは肩《かた》からさげているかばんに手《て》を入《い》れた。

中《なか》からとりだされたのは、**数枚《すうまい》の紙《かみ》のようなもの……？**

「うわっ！」

リツくんが声《こえ》を上《あ》げたのと同時《どうじ》に、ソフィーさんはその紙《かみ》を彼《かれ》の顔《かお》につきつける。

「テストをどこに隠《かく》してもムダよ。それにしても、まさか**全科目赤点《ぜんかもくあかてん》とは……！**」

「えっ、全科目赤点《ぜんかもくあかてん》!?」

リツくんが？

おどろいて見《み》ると、リツくんはきまりわるそうに頭《あたま》をポリポリかく。

「学生《がくせい》の本分《ほんぶん》は**勉強《べんきょう》**。勉強《べんきょう》をおろそかにするようなら、**オーディションへの参加《さんか》も芸能活動《げいのうかつどう》も許《ゆる》さないと言《い》ったはずよ？**」

「やー、それはさー、なんつーか……」

「責任《せきにん》ある保護者《ほごしゃ》の立場《たちば》として、この**絶望的《ぜつぼうてき》な学力低迷《がくりょくていめい》**を見《み》すごすわけにはいかないわ」

「うっ……」

リツくんは冷《ひ》や汗《あせ》をタラタラと流《なが》しながら、目《め》を泳《およ》がせまくって。

ふいに**「あっ！」**と、なにか思《おも》いついたように手《て》をたたいた。

「そうそう！　昨日《きのう》の晩《ばん》メシのたこ焼《や》き、めっちゃウマかった！　ねーさん、マジ天才《てんさい》！」

「話《はなし》をそらしてもムダよ！」

ソフィーさんはぴしゃりと言《い》うと、目《め》にもとまらぬはやさで、テーブルに立《た》てかけてあったギターケースを持《も》ち上《あ》げる。

「えっ！　ねーさん、ちょ、待《ま》った、**それだけは！**　あぁっ、**ギタ郎《ろう》〜〜〜！**」

ぎたろう？

あわてて手《て》を伸《の》ばすリツくんを軽《かる》くかわして、ケースを肩《かた》にかけるソフィーさん。

「ギタ郎《ろう》くんを返《かえ》してほしければ、つぎのテストでかならず赤点回避《あかてんかいひ》しなさい。いいわね？」

「ぜ、全科目《ぜんかもく》ッスか？」

「とうぜん」

きっぱり、ようしゃのない即答《そくとう》。

ソフィーさんはさらに、ぼうぜんとしてるリツくんのあごをガシッとつかむ。

「そして三つめ――**もし、私《わたし》の大切《たいせつ》な円《まどか》を傷《きず》つけるようなマネをしたら、ただじゃおかないわよ**」

ゴゴゴゴと地響《じひび》きが聞《き》こえてきそうな、ドスのきいた声《こえ》。

「き、肝《きも》にめいじるッス……」

リツくんは顔《かお》を引《ひ》きつらせながら、なんとか首《くび》をタテにふった。

ソ、ソフィーさん、**つよい……！**

翌朝《よくあさ》。

ボーッと学校《がっこう》の廊下《ろうか》を歩《ある》きながら、ため息《いき》をつく。

（はぁ……ほんと、**どうしよ……**）

昨日《きのう》は家《いえ》に帰《かえ》ったあと、勉強《べんきょう》しないでリツくんと出《で》かけたこと、ケイにこっぴどく怒《おこ》られたし。

へとへとメーターのことも、リツくんとお試《ため》しで付《つ》き合《あ》うことになった話《はなし》も、みんなにはだまったままだし。

今《いま》は勉強《べんきょう》に集中《しゅうちゅう》しなきゃいけないのに、**どんどん、ややこしくなってる気《き》がする……。**

（かくしごとをするのって、それだけでつかれるかも……）

あ、言《い》ってるそばから、へとへとメーター、昨日《きのう》より減《へ》ってるよ……！

ぐったりうなだれてたら、「まどち！」と、リツくんに声《こえ》をかけられた。

リツくんはビュンとすごい速《はや》さで駆《か》けよってくると、とつぜん、おがむように両手《りょうて》を顔《かお》の前《まえ》であわせる。

「たのむ！　オレの**勉強《べんきょう》コーチ**になってくれ！」

「へっ!?」

勉強《べんきょう》、コーチって……？

「ええっ、**わたしが!?**」

「ヤベーんだよ。昨日《きのう》、実力《じつりょく》テストまでになんとかしようと思《おも》って、はじめて家《いえ》で教科書《きょうかしょ》ひらいたんだけど、**マジでサッパリわかんなくて！**　まぁ、授業《じゅぎょう》とか、あんま聞《き》いてなかったし……」

ガシガシと頭《あたま》をかきながら、リツくんはつづける。

「オーディションは、つぎがいよいよ最終審査《さいしゅうしんさ》なんだ。ステージで自由《じゆう》に自己《じこ》アピールできることになってて、オレはもちろん、自分《じぶん》の曲《きょく》を演奏《えんそう》したいと思《おも》ってる。けど、ギタ郎《ろう》がいねーと、オレは……」

リツくんが表情《ひょうじょう》をくもらせる。

「あいつはオレの**相棒《あいぼう》**で……**体《からだ》の一部《いちぶ》みたいなモン**なんだよ」

とてもつらそうに下《した》をむくリツくん。

その姿《すがた》に、心《こころ》がゆれる。

リツくんが赤《あか》いギター・ギタ郎《ろう》くんをとても大切《たいせつ》にしていることは、わたしもよく知《し》っている。

毎日一緒《まいにちいっしょ》に練習《れんしゅう》して、動画《どうが》をたくさん撮《と》って。

そういえばリツくんが毎日送《まいにちおく》ってくれる動画《どうが》の中《なか》には、ギタ郎《ろう》くんをていねいにお手入《てい》れしているところや、ごはんのときも隣《となり》に置《お》いて話《はな》しかけてる様子《ようす》が映《うつ》っていたっけ。

「うーん……わたしも、できれば力《ちから》になりたいけど……」

迷《まよ》いながら、言葉《ことば》をさがす。

「でもリツくんだって、わたしが勉強《べんきょう》ぜんぜんできないって知《し》ってるよね？　ちょっと前《まえ》まで、全科目《ぜんかもく》で赤点《あかてん》とってたし。ほかの人《ひと》にたのんだほうが……」

「いや、まどちがいいんだ！」

リツくんは前《まえ》のめりに言《い》う。

「オレ勉強《べんきょう》ってマジで大《だい》きらいだし、こんなピンチでもなけりゃ、ぜってームリって感《かん》じなんだけどさ。ギリ、まどちから教《おそ》われば、ちょっとはやる気出《きだ》せるかも……」

「――待《ま》て。それはダメだ」

とつぜん、うしろから声《こえ》がした。

立《た》っていたのは、しかめっつらのケイ。カンジくんたち四人《にん》も一緒《いっしょ》だ。

「**今《いま》はまどかの点数《てんすう》を上《あ》げるのが最優先《さいゆうせん》**だっていうのに、おまえのせいで昨日《きのう》の放課後《ほうかご》、勉強《べんきょう》をサボってるんだぞ。これ以上《いじょう》、スケジュールを崩《くず》すわけにはいかない」

ケイの言葉《ことば》のあと、カンジくんが口《くち》をひらく。

「勉強《べんきょう》の件《けん》なら俺《おれ》たちが協力《きょうりょく》しますよ、リツ」

『そうだね。人《ひと》に教《おし》えるのには慣《な》れてるし、力《ちから》になれると思《おも》う』

エイトくんにつづいて、レキくんとヒカルくんもうなずく。

「おれたちがまるちゃんにマンツーマンで教《おし》えてる時間《じかん》に、リツも加《くわ》わって三人《にん》でやればいいんじゃない？」

「うん！　それなら、まるまるの勉強《べんきょう》の時間《じかん》に影響《えいきょう》でないもんね」

みんなからの提案《ていあん》に、（よかった！）とホッとしていたら。

すかさずリツくんが「待《ま》て！」と、割《わ》って入《はい》った。

「ダメダメダーメ！　**ダメに決《き》まってんだろ！**　オレはまどちから教《おそ》わりたいんだっつーの」

リツくんは両手《りょうて》でばってんをつくり、男子《だんし》たちの提案《ていあん》を却下《きゃっか》する。

「だいたい、**オレたち付《つ》き合《あ》ってるんだぜ？**　ジョーシキ的《てき》に考《かんが》えて、付《つ》き合《あ》いたての彼氏《かれし》と彼女《かのじょ》には、ふたりきりの時間《じかん》が必要《ひつよう》だろ」

え？　と、一瞬《いっしゅん》、空気《くうき》がかたまった。

ケイが目《め》をまたたかせる。

「付《つ》き合《あ》って、る……？」

『なんの話《はなし》をしてるんだ、リツ？』

ざわつく五人《にん》。

リツくんは「ああ」と思《おも》い出《だ》したように声《こえ》を上《あ》げながら、ニッと口《くち》の端《はし》に笑《え》みを浮《う》かべる。

「おまえらには言《い》ってなかったか。**オレとまどち、付《つ》き合《あ》うことになったから！**」

「「「「「はぁっ⁉」」」」」

声《こえ》をそろえてさけぶ五人《にん》の男子《だんし》たち。

全員同時《ぜんいんどうじ》に、バッとわたしのほうを見《み》る。

「へっ？　あ、えーと、ちょっと事情《じじょう》があって……その、**期間限定《きかんげんてい》というか……**」

リツくんとお試《ため》しで付《つ》き合《あ》うことになったって

いうのは、否定《ひてい》できないし。

だけど、そうなった事情《じじょう》を説明《せつめい》するのにかかせない「へとへとメーター」のことは、ナイショにしなきゃいけないし……。

ごにょごにょと口《くち》ごもってたら、リツくんが得意顔《とくいがお》でわたしの肩《かた》に手《て》をまわす。

「おまえらに文句言《もんくい》う権利《けんり》はないぜ？　恋愛辞典《れんあいじてん》に『そのうち』とか『いつか』なんて言葉《ことば》はねーんだよ。あるのは『今《いま》』だけ！　これが現実《げんじつ》！　なー、まどち？」

「えぇっ⁉　えっと……」

みんなの視線《しせん》がわたしにあつまって、アタフタと目《め》を伏《ふ》せる。

ど、どうしよう。なんてこたえたらいいのかな……。

「いいか、おまえら！」

リツくんが、男子《だんし》たちにむかってビシッと人差《ひとさ》し指《ゆび》をむける。

「これから毎日《まいにち》、かならずオレ様《さま》とまどち、ふたりきりの時間《じかん》を確保《かくほ》させてもらう！　これ、彼氏《かれし》ケンゲンな！」

堂々《どうどう》と胸《むね》をはるリツくんと、ぐぐぐと歯《は》を食《く》いしばる五人《にん》の男子《だんし》。

その間《あいだ》にはさまれて冷《ひ》や汗《あせ》をダラダラ流《なが》しながら、わたしはようやく「と、とにかく！」と言《こと》葉をしぼりだした。

「とにかく今までどおり、いや、**今まで以上に勉強をがんばります!** 算国理社英の勉強も、あと、リツくんとの勉強も……」

だってわたしにとっては、五人の男子はもちろん、リツくんのことも大切だから。

寿命の問題を解決して、満点をとってみんなを本物の人間にしたい気持ちは本当で。

だけど、へとへとメーターのことをなんとかして、これからもっとリツくんのことを知っていきたいって気持ちも本当なんだ。

みんな、わたしにとって大切な存在。

どっちもういわないために……がんばるしかない!

「ま、そーゆーことだからさ!」

リツくんは自信にみちた目で男子たちを見やってから、わたしの顔をのぞきこむ。

「ヨロシクな、**まどかせーんせ♪**」

ニシシと笑うリツくん。

(ま、まどか先生……)

……ふふ。ちょっと悪くないひびきかも。

11　勉強《べんきょう》をやる意味《いみ》って？

　そうしてはじまった、リツくんの勉強《べんきょう》コーチ。

　待《ま》ちあわせは、休《やす》み時間《じかん》の図書室《としょしつ》になった。

　おたがいの教室《きょうしつ》だとリツくんが注目《ちゅうもく》をあつめすぎて、集中《しゅうちゅう》できないからね。

「んで、ここはどーゆー意味《いみ》？」

「えっと、ちょっと待《ま》ってね」

　質問《しつもん》を受《う》けて、あわてて教科書《きょうかしょ》のページをめくる。

　自分《じぶん》ではわかってるつもりでいたことも、いざ人《ひと》に説明《せつめい》しようとすると、うまくいかないんだよね……。

　一年前《ねんまえ》にくらべたらすこしずつだけど成績《せいせき》は上《あ》がってきてるし、ちょっとはわたしでも役《やく》に立《た》てるかなと思《おも》ってたけど。

（人《ひと》に教《おし》えるって、こんなにむずかしいんだな……）

科目男子《かもくだんし》たちがどれだけすごいのか、あらためて感《かん》じるよ……。

「……あのさー。勉強《べんきょう》やる意味《いみ》って、なんなんだ？」

ふいにリツくんがつぶやいた。

「え？」

「オレ様《さま》は音楽《おんがく》で生《い》きていくんだから、算数《さんすう》なんて必要《ひつよう》ないじゃん？　まどちもそう思《おも》わねー？」

うーん……。

なんてこたえていいかわからなくて、だまりこんでしまう。

たしかにリツくんには、音楽《おんがく》の才能《さいのう》がすごくある。

このままプロのミュージシャンになって、音楽《おんがく》を仕事《しごと》にしていけるんだろうなって思《おも》うし。

音楽《おんがく》をつくるのに、算数《さんすう》は必要《ひつよう》ないと言《い》われると、そうなのかも……？

「きらいなこと無理《むり》してやっても、時間《じかん》のムダだろ。もっと得意《とくい》なことや、やりたいこと、好《す》きなことだけに時間《じかん》つかいたいんだよ。どうせ、いくらやったって点数《てんすう》なんか上《あ》がんねーしさ」

投《な》げやりに言《い》ってペンをくるくる回《まわ》すリツくん。

その横顔《よこがお》を見《み》ていたら。

――勉強《べんきょう》はね、もう、やめることにしたんだ。


いつかの自分《じぶん》の言葉《ことば》が、頭《あたま》の中《なか》によみがえった。

あのころ……**一年前《ねんまえ》の夏《なつ》**。

ママが死《し》んじゃったかなしみから、わたしは投《な》げやりになって……。

「……わたしもね、勉強《べんきょう》、**きらい**だったんだ」

ふと切《き》り出《だ》すと、リツくんはおどろいたようにわたしを見《み》た。

「だって**授業《じゅぎょう》はよくわからない**し、**がんばっても成績《せいせき》上《あ》がらない**しさ。苦手《にがて》だ、きらいだって思《おも》いながら、嫌々《いやいや》やって、どんどん苦手《にがて》になって……。**もう、ぜんぶ投《な》げだしちゃいたいって**」

そして、わたしは大切《たいせつ》にしていた教科書《きょうかしょ》を、ゴミ捨《す》て場《ば》に捨《す》ててしまったんだ。

応援《おうえん》してくれてた優《ゆう》ちゃんにも、「わたしは勉強《べんきょう》にむいてないみたい」なんて言《い》い訳《わけ》して……。

（そうだ……今《いま》のリツくんって……）

あのころの自分《じぶん》と……なんとなく、かさなるのかもしれない。

わたしはあらためて、リツくんの顔《かお》を正面《しょうめん》から見《み》つめる。

「だけどね、わたしはケイたち科目男子《かもくだんし》と出会《であ》って、**いろんなことに気《き》づけた**」

あんなに勉強《べんきょう》がいやで、苦手《にがて》だったのに。

みんなに連《つ》れられて外《そと》で自然《しぜん》とふれあったり、お店《みせ》で買《か》い物《もの》をしたり、料理《りょうり》をしたり。

好《す》きなことから広《ひろ》げて、**「なんで？」**って思《おも》ったことを追《お》いかけてみたり。

「そうなんだ！」「なるほど！」ってひとつ新《あたら》しいことを知《し》ると、それが、べつの科目《かもく》の意外《いがい》なところとつながってることもあって。

そういう体験《たいけん》ひとつひとつをつみかさねていくうち、ほんのすこしずつ、**勉強《べんきょう》が楽《たの》しくなってきたんだ**。

「『知《し》らなかったことを知《し》る』って、**すごいんだよ！　まわりの景色《けしき》が変《か》わって見《み》えるっていうか……今見《いまみ》えてるあたりまえの景色《けしき》も、きっと、どんどんおもしろくできるの！**」

いろんなことを知《し》れば知《し》るほど、どんどん変《か》わってく。

これから先《さき》も、もっとビックリするような世界《せかい》が、わたしを待《ま》ってるはずだ。

「リツくんの『音楽《おんがく》で世界中《せかいじゅう》の人《ひと》を笑顔《えがお》にしたい』っていう夢《ゆめ》も、そうやって、**自分《じぶん》から見《み》えてる世界《せかい》を広《ひろ》げていった先《さき》にあるんじゃないかな？**」

きっと、そう。

わたしには、リツくんみたいにはっきりした将来《しょうらい》の目標《もくひょう》とかは、まだないけど……。

「だから、えーと……なんて言《い》えばいいのかな。リツくんがムダだって感《かん》じるものの中《なか》にも、きっと、未来《みらい》のなにかにつながるものがあるかもしれないし……」

「――**いい顔《かお》するんだな**」

ふいにリツくんが言《い》った。

ほおづえをついたまま、じっとわたしの顔《かお》を見《み》るリツくん。

その瞳《ひとみ》の奥《おく》には、なにか秘《ひ》められた気持《きも》ちがあるようで――。

いつも感情《かんじょう》ゆたかに笑《わら》うリツくんが、まるで別人《べつじん》のように大人《おとな》びて見《み》える。

（リツくん、こんな顔《かお》もするんだ……）

派手《はで》な言動《げんどう》にばかり目《め》がいって、見《み》えてなかったのかもしれない。

リツくんの心《こころ》の、繊細《せんさい》な部分《ぶぶん》にはじめて触《ふ》れた気《き》がして——なんだか、みょうにドキドキする。

「……よし、やってやろうじゃねーか！　**オレ様《さま》のビッグな夢《ゆめ》のために！**」

ガタッと立《た》ち上《あ》がってさけぶリツくん。

すぐにカウンターから「図書室《としょしつ》ではしずかにね！」と、司書《ししょ》の先生《せんせい》の声《こえ》がとんでくる。

「ウッス、すいません！」

リツくんは大《おお》きな声《こえ》で返事《へんじ》をしたあと。

わたしに目線《めせん》をもどし、ニッと楽《たの》しげに笑《わら》った。

12 うしなわれた「大切《たいせつ》なもの」

そこからのリツくんは、すごかった。

もともと、寝《ね》る間《ま》も惜《お》しんでギターの練習《れんしゅう》をしちゃうくらいの努力家《どりょくか》だったこともあって、おどろくような集中力《しゅうちゅうりょく》で勉強《べんきょう》に取《と》り組《く》むようになったんだ。

わたしと一緒《いっしょ》にいない休《やす》み時間《じかん》も、真剣《しんけん》な表情《ひょうじょう》で机《つくえ》にむかっている姿《すがた》を見《み》かけるようになって。

(この調子《ちょうし》なら、つぎのテストはきっと大丈夫《だいじょうぶ》だね！)

わたしも負《ま》けていられない。

実力《じつりょく》テストまで、もうすこし……がんばらなきゃ！

眠《ねむ》たい目《め》をこすりながら勉強机《べんきょうづくえ》にむかって、いつもより遅《おそ》めに布団《ふとん》に入《はい》る。

朝《あさ》も早起《はやお》きして、前《まえ》の日《ひ》の復習《ふくしゅう》をして……。

「ふあぁ……」

わー、ダメだ。あくびが止《と》まらない。

ここ数日《すうじつ》、ずっとこんな感《かん》じ。

睡眠時間《すいみんじかん》を短《みじか》くしてるせいだと思《おも》うけど、このところ、なんとなく眠《ねむ》りが浅《あさ》いというか……朝《あさ》起《お》きても、なかなかつかれがとれてないんだよね。

とはいえ、勉強《べんきょう》はがんばらないといけないし、リツくんが赤点脱出《あかてんだっしゅつ》できるように勉強《べんきょう》コーチもしっかりやりたいし……。

「ふぁ、ふわわわわ……」

大《おお》あくびをしながら家《いえ》の階段《かいだん》を下《お》りてたら、

「まーるちゃん」

「わあっ⁉」

とつぜんうしろで聞《き》こえた声《こえ》に、とびあがる。

「わー、ごめんごめん！　そんなおどろかすつもりなかったんだけど」

あわてたように駆《か》け下《お》りてきたレキくんが、数段下《すうだんした》に立《た》ち、そっとわたしの手《て》をとる。

「平気《へいき》？」

「う、うん！　ありがとうレキくん」

わたしの顔《かお》をのぞきこむ、やさしい目《め》。

いつものチャラい感《かん》じじゃなくて、本当《ほんとう》に心配《しんぱい》そうに。

「**……なにか、ひとりで背負《せお》いこもうとしてない？**」

ドキッとした。

もしかして、わたしがかくしごとをしているの……見《み》ぬかれてる？

（でも、へとへとメーターのことは、リツくんからナイショにしてほしいって言《い》われてるし……）

「あ、えっと……」

まごつきながら目《め》を泳《およ》がせたあと——意《い》を決《けっ》して、ふたたびレキくんを見《み》る。

「……心配《しんぱい》かけちゃってごめんね」

へとへとメーターのこと……タイミングがきたら、ちゃんと話《はな》さなきゃって思《おも》う。

今《いま》はまだ、話《はな》せないけど……それまで、**待《ま》っててほしい**。

そんな気持《きも》ちをこめて、しっかり、その目《め》を見《み》つめていると。

「……オッケー、**わかった**。もうこれ以上《いじょう》は聞《き》かない」

レキくんはそう言《い》ってから、パッと明《あか》るく笑《わら》う。

「あ、でも、おれたちが、いつでもキミがたよってくれるのを待《ま》ってるってことは忘《わす》れないでね。もちろん、おれにいちばんに話《はな》してくれたら、トクベツにいろいろサービスしちゃうぜ？」

じょうだんっぽく言《い》ったレキくんの笑顔《えがお》に、ふわっと気持《きも》ちが軽《かる》くなる。

（よーし、まだまだがんばるぞ！）

重《おも》たいまぶたをこじあけるために、両手《りょうて》でパンパンとほっぺをたたいて、気合《きあ》いを入《い》れる。

わたしもリツくんみたいに全力《ぜんりょく》でがんばって、目標《もくひょう》の過去最高得点《かこさいこうとくてん》を更新《こうしん》するんだ！


——ところが、そう思《おも》った矢先《やさき》に、**事件《じけん》は起《お》きた。**


「まるちゃーん、リツくん来《き》てるよー！」

「あ、はーい！」

クラスメイトの声《こえ》に返事《へんじ》をして、荷物《にもつ》を準備《じゅんび》する。

今日《きょう》も、これからリツくんとの勉強会《べんきょうかい》の予定《よてい》なの。

「お待《ま》たせ、リツくん！」

廊下《ろうか》へ出《で》ると、リツくんはどこか浮《う》かない表情《ひょうじょう》でちょこっと手《て》を上《あ》げて、そのまま歩《ある》き出《だ》した。

「……リツくん？」

なんだか様子《ようす》が変《へん》だ。

いつもなら、わたしがあいづちをうつヒマもないくらいのマシンガントークで、ずっとしゃべってるのに。今日《きょう》のリツくんは、やけにしずか。

というか……。

「………」

なにも、しゃべってくれない。

（どうしたんだろう？）

こんなの、はじめてだ。

ちょっと不安《ふあん》になりながら、その横顔《よこがお》を見《み》ていたら。

リツくんは図書室《としょしつ》のいつもの席《せき》に座《すわ》るなり、ノートをとりだしてひらいた。

白《しろ》いページに、さらさらとペンを走《はし》らせて――、

【今朝《けさ》、急《きゅう》に声《こえ》が出《で》なくなった】

「えっ⁉」

おもわず大《おお》きな声《こえ》が出《で》た。

わたしがあわてて両手《りょうて》で口《くち》をおおうと、リツくんはさらに文字《もじ》を書《か》き足《た》す。

【へとへとメーターのせいかもしれねー】

（へとへとメーター……？）

ハッとして、すぐに意識《いしき》を集中《しゅうちゅう》させて確認《かくにん》する。

（あ……そんな……！）

ひと目見《めみ》ただけで、異変《いへん》に気付《きづ》いた。

メーターのほとんどが黒《くろ》くなっていて、オレンジ色《いろ》は、**わずかにのこるだけ**。

せわしなく目《め》の前《まえ》の勉強《べんきょう》に追《お》われてたせいで、へとへとメーターをこまめに確認《かくにん》するのを忘《わす》れてたかも……。

「ま、まさか、**わたしのへとへとメーターが減《へ》ったせいで、リツくんの声《こえ》が……？**」

予想外《よそうがい》のできごとに、動揺《どうよう》しながら頭《あたま》をかかえる。

今《いま》までも、なにかのきっかけで科目男子《かもくだんし》の体《からだ》が消《き》えかけてしまうことはあった。

だけど……「消《き》える」以外《いがい》の異変《いへん》が起《お》きたのは、**はじめてだ**。

それも、ミュージシャンをめざす彼《かれ》にとってなにより大切《たいせつ》な、「声《こえ》」がうしなわれるって……。

「は、はやく回復《かいふく》しなきゃ！」

へとへとメーターが減《へ》って声《こえ》が出《で》なくなったなら、回復《かいふく》させれば、もとにもどるはず。

でも……**どうしたらいいの？**

【こないだは音楽《おんがく》をきいてフッカツしたろ？　**気持《きも》ち**とか、**心《こころ》**とか、そのへんがみたされる必要《ひつよう》があるんじゃねーかな】

リツくんは深刻《しんこく》な表情《ひょうじょう》のまま、ペンをうごかす。

【つっても、声《こえ》も出《で》ない、ギターもないオレじゃ、まどちのこと、いやしてあげることもできねーな。カレシなのに、なさけねーわ】

がっくりとうなだれるリツくん。

（**心《こころ》が、みたされる……**）

自分《じぶん》の胸《むね》に手《て》を当《あ》てる。

わたしが自分《じぶん》の心《こころ》をなんとかしないと、リツくんはずっとこのままかもしれない。

だけど、「なんとかしなきゃ」って思《おも》うほど、どんどんよゆうがなくなっていく。

あせっても、メーターはぴくりともうごかない。

むしろ、これ以上《いじょう》減《へ》ってしまったらどうしようって気持《きも》ちが、どんどんふくらんでいって……。

(どうしよう。どうしよう……)

パニックになりかける頭《あたま》の中《なか》に、ふっと浮《う》かんだのは――。


――おれたちが、いつでもキミがたよってくれるのを待《ま》ってるってことは忘《わす》れないでね。


今朝《けさ》レキくんがかけてくれた言葉《ことば》。

わたしはギュッとこぶしをかためて、リツくんを見《み》る。

「……リツくんは**いやかもしれないけど、みんなに相談《そうだん》しよう**」

声《こえ》をひそめながら切《き》り出《だ》すと、リツくんがぴくりと反応《はんのう》した。

「へとへとメーターのことと、今《いま》の状況《じょうきょう》を**ケイたちに説明《せつめい》するの**。みんなと力《ちから》をあわせれば、きっといい解決方法《かいけつほうほう》が見《み》つけられるはずだよ！」

それがいい。それしかない。

これまでも、そうやっていろんな壁《かべ》を……。

【いやだ】

殴《なぐ》り書《が》きのような大《おお》きな文字《もじ》で、リツくんがこたえた。

【あいつらの力《ちから》はかりねー。ぜったいにだ】

口《くち》を一文字《いちもんじ》にむすぶリツくん。

その横顔《よこがお》から、ぜったいにうごかせない、かたい意志《いし》を感《かん》じる。

「で、でも、リツくん、今《いま》は意地《いじ》をはってる場合《ばあい》じゃ……」

声《こえ》が出《で》ないっていう状況《じょうきょう》は、歌《うた》が大好《だいす》きなリツくんにとって、なによりつらいことのはず。

ケイたちにたよりたくないって気持《きも》ちより、今《いま》は問題《もんだい》を解決《かいけつ》することを優先《ゆうせん》したほうがいいんじゃないかな？

どう説得《せっとく》しようかアレコレ言葉《ことば》をさがしていると、リツくんがしずかにペンをうごかしはじめた。

【アイツ、音楽《おんがく》を「ムダ」って言《い》ったろ】

「アイツって……ケイのこと？」

リツくんがうなずく。

前《まえ》にリツくんと言《い》いあいになったとき、そんなことを言《い》ってた気《き》がするけど……。

【わかるんだよ。**授業《じゅぎょう》に音楽《おんがく》なんていらない**、意味《いみ》ない……そういう考《かんが》えのヤツが、**すくなから**

ずいるってこと。算数《さんすう》や国語《こくご》、理科《りか》、社会《しゃかい》、英語《えいご》のほうが大事《だいじ》で、音楽《おんがく》や図工《ずこう》、体育《たいいく》、家庭科《かていか》は「なくてもいい」「おまけみたいなもん」ってさ……】

リツくんは、ギリッとくやしげに歯《は》をくいしばる。

【負《ま》けたくねーんだ。「音楽《おんがく》はスゲーんだ」って、「人間《にんげん》が生《い》きてくのにぜったい必要《ひつよう》で、大事《だいじ》な科目《かもく》なんだ」ってことを、オレは自分《じぶん》の力《ちから》で証明《しょうめい》したい】

【だってオレは、音楽《おんがく》の教科書《きょうかしょ》だから】

リツくんはそこで手《て》を止《と》めて、ペンを置《お》いた。

なにか決意《けつい》をかためたように、まっすぐ前《まえ》を見《み》すえて。

それから、ふっとわたしのほうを見《み》る。

ポンポン

やさしく頭《あたま》をなでるリツくん。

そっとほほえんだ表情《ひょうじょう》から、「心配《しんぱい》すんな」って言《い》ってくれてるのが、つたわってくる。

【オレはカンタンに消《き》えたりしねーから】

リツくんはノートを閉《と》じて立《た》ち上《あ》がり、図書室《としょしつ》の扉《とびら》へむかって歩《ある》きだした。

「リツくん……」

気丈《きじょう》にふるまって、足早《あしばや》に去《さ》っていく背中《せなか》。

その姿《すがた》が遠《とお》ざかったとき――。

とつぜん、**フラッシュバック**のように映像《えいぞう》が浮《う》かんだ。

去年《きょねん》の運動会《うんどうかい》の日《ひ》、この図書室《としょしつ》で消《き》えてしまいそうになったカンジくん。

男子《だんし》たち四人《にん》が全員消《ぜんいんき》えそうになった、五年生《ねんせい》の三学期《がっき》。

ハワイ旅行《りょこう》の途中《とちゅう》、雨《あめ》が降《ふ》る洞窟《どうくつ》の中《なか》で別《わか》れを告《つ》げようとしたケイ。

夏休《なつやす》みに訪《おとず》れた大学《だいがく》のオープンキャンパスで、みずから消《き》えようとしたエイトくん。

これまで何度《なんど》もおとずれた、**科目男子《かもくだんし》たちが消《き》えそうになる瞬間《しゅんかん》**が、つぎつぎに頭《あたま》の中《なか》によみがえって……。

ざわっと胸《むね》に波《なみ》がたつ。

（だ、**大丈夫《だいじょうぶ》**だよ……リツくんには、寿命《じゅみょう》のカウントダウンはないって言《い》ってたもん……）

そう自分《じぶん》に言《い》い聞《き》かせても、一度《いちど》浮《う》かび上《あ》がった不安《ふあん》は、まるで水《みず》に落《お》ちた墨汁《ぼくじゅう》のように、うねりながらどんどん広《ひろ》がっていく。

点数《てんすう》で決《き》まる寿命《じゅみょう》がないからって、**「消《き》えない」**って**保証《ほしょう》があるわけじゃない。**

げんにへとへとメーターの影響《えいきょう》で、彼《かれ》の大切《たいせつ》な声《こえ》がうしなわれてしまった。

もし、これ以上《いじょう》メーターが減《へ》ったら……？

――リツくんは本当《ほんとう》に、消《き》えちゃうかもしれない。

（どうしよう……どうしたらいいの……？）

わたしの心《こころ》をなんとかしないと。

メーターがこれ以上《いじょう》減《へ》らない方法《ほうほう》を見《み》つけないと……。

よろめきながら立《た》ち上《あ》がり、図書室《としょしつ》をとびだした、そのとき。

「わあっ！」

廊下《ろうか》に立《た》っていた人《ひと》とぶつかりそうになって、急《きゅう》ブレーキをかける。

「ごめんなさ…………」

あやまりながら、あっと息《いき》をのむ。

――そこにいたのは、**ケイ**だった。

「あ、その……たまたま通《とお》りかかって……」

ケイは動揺《どうよう》したように目《め》を泳《およ》がせながら、ほおをかいて。

それから、スッと顔《かお》を上《あ》げ、わたしの目《め》を見《み》た。

「ちょっと話《はな》せるか」

13　仲直《なかなお》り

ケイにうながされて来《き》た、北階段《きたかいだん》。

とりあえず一段目《だんめ》のところに、すこし距離《きょり》をあけて座《すわ》った。

ただ……ケイは、それからずっとだまりこんだまま。

（……なんの話《はなし》だろう？）

じつは、あの「ケイなんて知《し》らない！　ベーだ！」から、まだちゃんと仲直《なかなお》りしてないんだ。

ふたりきりになるのも勉強《べんきょう》のときだけだし、必要《ひつよう》なこと以外《いがい》はまともに会話《かいわ》もしてないから……ちょっと、気《き》まずい。

かといって、まだ胸《むね》の中《なか》にモヤモヤがのこったままなのに、なにごともなかったようにふるまうのは正解《せいかい》じゃない気《き》がするし……。

静《しず》けさの中《なか》、ぐるぐると考《かんが》えをめぐらせていると——。

「♪〜」

え？

ふいに聞《き》こえた鼻歌《はなうた》に、おどろいて横《よこ》を見《み》る。

となりにいるのはケイ。つまりこの鼻歌《はなうた》はケイのもので。

しかも、**このメロディー**………。

「ねえ、ケイ！　今《いま》のって……！」

歌《うた》い終《お》わったタイミングを待《ま》って聞《き》くと、ケイは口《くち》をへの字《じ》にして下《した》をむく。

「……どういうわけか、ずっと、**この曲**《きょく》が頭《あたま》から離《はな》れなくてな」

この曲《きょく》——リツくんがわたしたちの前《まえ》で歌《うた》ってくれた、プリンの……じゃなくて、「オレとケッコンしよう」の歌《うた》！

それを、まさかケイが歌《うた》うなんて……**予想外**《よそうがい》**すぎるよ**。

わたしは目《め》をまたたかせながら、ケイを見《み》つめる。

「なんでだろうな。あれから、いつも気《き》づいたら頭《あたま》の中《なか》で鳴《な》っていて……でも、不思議《ふしぎ》なんだが……それが、そんなに**いやじゃない**んだ」

「わかる！　いい曲《きょく》だよね。歌詞《かし》は独特《どくとく》だけど」

コクコクとうなずきながら、自然《しぜん》と口元《くちもと》がほころぶのがわかる。

わたしもリツくんの曲《きょく》は大好《だいす》きだから。

明《あか》るい気持《きも》ちになれたり、つかれが吹《ふ》きとぶ気《き》がしたり。

今《いま》だって、わたしとケイの間《あいだ》にあったわだかまりを、一瞬《いっしゅん》で溶《と》かしてくれた。

——**音楽《おんがく》ってすごい。**

リツくんの音楽《おんがく》は、本当《ほんとう》にすごい力《ちから》を持《も》っていると思《おも》う。

わたしだけじゃなく、もっともっと、**たくさんの人《ひと》を幸《しあわ》せにできる力《ちから》を……。**

「………あのね、ケイ。相談《そうだん》があるの」

思《おも》い切《き》って、切《き》り出《だ》した。

「リツくんが**ピンチ**なんだ。細《こま》かいことは話《はな》さない約束《やくそく》だから、くわしくは言《い》えないんだけど……でも、**助《たす》けてほしい**。わたしだけじゃ、どうにもできなくて……」

下《した》をむいたままのケイ。

その横顔《よこがお》からは、感情《かんじょう》が読《よ》みとれない。

(ケイは、やっぱり、**いや**かな……？)

リツくんとケイの折《お》りあいが悪《わる》いのは、毎日《まいにち》のようにこの目《め》で見《み》てる。

だけど……わたしはどうしても、**リツくんのことを助《たす》けたい**んだ。

声《こえ》をとりもどして、夢《ゆめ》をかなえて、これから先《さき》もずっと一緒《いっしょ》にいてほしい。

そして、できれば……ケイや男子《だんし》たちみんなが、同《おな》じように思《おも》ってくれたら。

「――オレは」

ふと、ケイが口《くち》をひらいた。

「オレは正直《しょうじき》、アイツに**嫉妬《しっと》してる**……と、思《おも》う」

その意外《いがい》な言葉《ことば》に、わたしは「へ？」と首《くび》をかたむける。

「嫉妬《しっと》？　ケイが……リツくんに？」

「**個人的《こじんてき》な感情《かんじょう》**だ。理由《りゆう》はわからん……いや、なんとなくは、**わかってる気《き》もする**」

足元《あしもと》に目《め》を落《お》としたまま、ケイはしずかな声《こえ》でつづける。

「ただ、そのイライラをまどかにぶつけてしまったことは……**悪《わる》かった**と思《おも》ってる。机《つくえ》にしばりつけて問題《もんだい》を大量《たいりょう》に解《と》かせても、成績《せいせき》は上《あ》がらないってこと……もう、ずっと前《まえ》にわかってるはずなのにな」

ちいさく息《いき》をついて、ケイが顔《かお》を上《あ》げた。

ためらいがちに、でも、まっすぐにわたしの目《め》を見《み》つめて。

「ごめん」

すこし不安《ふあん》そうにゆれる瞳《ひとみ》。

無防備《むぼうび》なその表情《ひょうじょう》に、なぜだか胸《むね》が、ぎゅっとうごく。

——ケイのこんな顔《かお》、見《み》たことない。

「わ、わたしも……ごめん」

どぎまぎとこたえた、その瞬間《しゅんかん》——。

ケイの手《て》がスッとのびてきて、ぎこちなく、わたしの髪《かみ》に触《ふ》れた。

「っ…………」

体《からだ》がかたくなる。

不器用《ぶきよう》だけど、やさしい指《ゆび》のうごき。

その指先《ゆびさき》から、彼《かれ》の体温《たいおん》がつたわってくるようで——。

「オレもあいつみたいに……**まどかを笑《わら》わせられ**

たらいいのにな」
かすかに聞《き》こえたのは、気持《きも》ちがこぼれ落《お》ちたような、無意識《むいしき》の声《こえ》。
それはどうしてか、とても特別《とくべつ》なもののように深《ふか》く耳《みみ》にひびいて、離《はな》れなくなる。
「………」
正面《しょうめん》から、じっとわたしの目《め》をのぞきこむまなざし。
鼓動《こどう》がぐんと速度《そくど》を上《あ》げる。体《からだ》が熱《あつ》い。
どきん、どきん、どきん
胸《むね》の奥《おく》から、気持《きも》ちがあふれてくる。
キラキラして、ちょっと切《せつ》なくて。
これは……。
この気持《きも》ちは、**なに――!?!?**

「――じゃあ、**行《い》くぞ**」

ふいに、ケイが立《た》ち上《あ》がった。

夢《ゆめ》がさめるみたいに、ハッと意識《いしき》が引《ひ》きもどされる。

「え……？　行《い》くって、どこへ？」

「アイツをさがしにだ。事情《じじょう》は本人《ほんにん》から聞《き》くからいい。なにをすべきかは、それから判断《はんだん》する」

えっ、ちょっと待《ま》って。

ってことは……！

「ケイ、力《ちから》になってくれるの？」

わたしも立《た》ち上《あ》がりながら聞《き》くと、ケイは口《くち》をとがらせながら腕組《うでぐ》みをする。

「アイツとは気《き》があわないし意見《いけん》もあわない。だが……完全《かんぜん》に拒絶《きょぜつ》するほど、まだアイツのことを知《し》ってるわけでもない。まどかを見《み》ていると、自分《じぶん》もすこしは苦手《にがて》なものにむきあってみようって……そう思《おも》えるんだ」

照《て》れかくしなのか、うつむきがちにブツブツとちいさな声《こえ》で言《い》うと。

ケイは「それにな」と、顔《かお》を上《あ》げてわたしを見《み》た。


「まどかに助《たす》けを求《もと》められて、助《たす》けないわけあるか」

まっすぐ、力強《ちからづよ》いまなざし。

その瞬間《しゅんかん》、まるで胸《むね》の中《なか》に花《はな》が咲《さ》くみたいに、ぱあっと気持《きも》ちが明《あか》るくなる。

「ありがとう、ケイ！」

ケイが力《ちから》になってくれるなら、百人力《ひゃくにんりき》だよ！

「あっ……あと、こないだは『ベー』ってしてごめんね」

あらためて仲直《なかなお》りしたくて、わたしからもちゃんとあやまると。

ケイは、「まぁ、それは**おたがいさまだ**」と苦笑《にがわら》いを浮《う》かべた。

「カンジたちにも声《こえ》をかけよう。あのギター男《おとこ》の居所《いどころ》なんて、オレには見当《けんとう》もつかん」

足早《あしばや》に階段《かいだん》をのぼっていくケイ。

いそいでそのあとを追《お》いかける。

（「**助《たす》けを求《もと》められて、助《たす》けないわけあるか**」……）

ふっと頭《あたま》の中《なか》に響《ひび》くのは、今《いま》さっき、ケイがくれた言葉《ことば》。

「うれしいな」ってあたたかい気持《きも》ちがわきあがるのと同時《どうじ》に、ふと疑問《ぎもん》が浮《う》かぶ。

ケイが、**当《あ》たり前《まえ》にわたしを助《たす》けてくれるのは**。

それは……。

（ケイがわたしの**教科書《きょうかしょ》**だから…………**科目男子《かもくだんし》**として、なんだよね）

そんな思《おも》いがよぎって。
心《こころ》のはしっこが、ちょびっとだけ、チクリとうずいた。

14 ケイVS《ブイエス》リツ・再《ふたた》び

「――オレの言《い》うとおりにしろ。おまえに満点《まんてん》をとらせてやる」

どーんと、ふんぞりかえって言《い》いはなつケイ。

横《よこ》で聞《き》いていたわたしは、その場《ば》で思《おも》いっきりずっこける。

みんなでさがして、ようやく二階《かい》の非常階段《ひじょうかいだん》のところでリツくんを見《み》つけたばかりだっていうのに、**いきなりそれ!?**

カンジくん、レキくん、ヒカルくん、エイトくんの四人《にん》も、「あちゃー」と頭《あたま》に手《て》を当《あ》てているけど、ケイはかまわずにつづける。

「**ギターを取《と》りもどさないとこまるんだろ?** しょうがないからオレが勉強《べんきょう》を教《おし》えてやるが、そのかわり、まどかには自分《じぶん》の勉強《べんきょう》に集中《しゅうちゅう》してもらうぞ。このままだと、**まどかもオレたちも死《し》ぬ。**

これ以上邪魔《いじょうじゃま》をするようなら、**おまえは殺人犯《さつじんはん》だからな！**」

「ケ、ケイ！　**言《い》い方《かた》……っ！**」

そんな挑発《ちょうはつ》するような言《い》い方《かた》で、**リツくんが「うん」って言《い》うわけないじゃん！**

小声《こごえ》で指摘《してき》したけど、もう遅《おそ》い。

思《おも》ったとおり、階段《かいだん》の上《うえ》のほうに腰《こし》かけているリツくんは、ムッとした表情《ひょうじょう》で、ケイにむかってあっかんべーする。

【オコトワリだぜ！】

あ〜、もう！　ほらね！

ケイもケイで、おもしろくないって顔《かお》でリツくんをにらんでるし！

「あのね、リツくん……」

なんとかフォローしようと言葉《ことば》をさがしていると、リツくんはノートにペンをたたきつけるような勢《いきお》いで文字《もじ》を書《か》いていく。

【今《いま》さらこいつの世話《せわ》になるなんて、ダセーことできるか！】

【オレ様《さま》に勉強《べんきょう》を教《おし》えたいなら、オマエが頭下《あたまさ》げろ！　**「教《おし》えさせてクダサイ」**ってな！】

「なにぃ!?」

おでこに青筋《あおすじ》を立《た》てるケイ。

ああ、もう。どんどんこじれてくよ……。

どうしたものかと頭《あたま》をかかえていると、『あのさ』とエイトくんが声《こえ》を上《あ》げた。

『リツ、キミはマドカのことを「愛《あい》してる」と言《い》ったよね？』

【おうよ。それがなんだ！】

『それなら、**どんなにかっこ悪《わる》くても、プライドを曲《ま》げてでも、彼女《かのじょ》のそばにいるために必死《ひっし》になってもがくべき**だと、オレは思《おも》うよ』

「…………」

なにか言《い》いたげに眉《まゆ》をひそめるリツくん。

彼《かれ》がペンをうごかすより先《さき》に、こんどはカンジくんが口《くち》をひらく。

「まわりにたよりたくない、ひとりでどうにかしたいという気持《きも》ちは、わからないでもありません。しかし、意地《いじ》をはって、いちばん大切《たいせつ》なものが見《み》えなくなっていませんか？」

「そうだね。リッちゃんが大切《たいせつ》にしたいのは、**まるまるの笑顔《えがお》**……でしょ？」

「おれは**たよってもらえたらうれしい**ぜ、リツ。おまえは仲間《なかま》なんだしさ！」

みんなに言《い》われて、リツくんはきまり悪《わる》そうに口《くち》をとがらせ、下《した》をむく。

かたくなだったその心《こころ》がちょっぴりうごいているのが見《み》えるけど……まだ、首《くび》をタテにふってはくれない。

あと一押《ひとお》し。

リツくんの心《こころ》をうごかすことができれば……！

「あの、リツくん――」

「リツ」

わたしの声《こえ》をさえぎったのは、ケイだった。

「15×92は？」

は？　と目《め》を丸《まる》くするリツくん。

ケイは矢継《やつ》ぎ早《ばや》につづける。

「正解《せいかい》は1380。オレの**勝《か》ち**だな」

はぁ？　と眉《まゆ》をひそめるリツくんに、ケイは勝《か》ちほこったように笑《わら》う。

「勝《か》ちは勝《か》ちだ。オレの言《い》うことを聞《き》いてもらうぞ」

ペンを手《て》に文句《もんく》を書《か》きなぐろうとするリツくんに、ケイはさらにつづける。

「$\frac{2}{9} \div \frac{3}{8}$は？」

【まて！】

「正解《せいかい》は16／27。オレの二連勝《れんしょう》」

【おい！】

「今《いま》のおまえじゃ、オレのライバルにさえならないな。**負《ま》け犬《いぬ》はどっちだ？**」

「っ…………」

あおるように言《い》いながらも、真剣《しんけん》なまなざしでリツくんを見《み》すえるケイ。

リツくんはペンを折《お》りそうないきおいでつよくにぎりしめながら、歯《は》を食《く》いしばっている。

「くやしかったら、さっさと赤点問題《あかてんもんだい》に片《かた》をつけろ。オレは算数《さんすう》が得意《とくい》で、おまえは音楽《おんがく》が得意《とくい》。

それなら**音楽《おんがく》で反撃《はんげき》すればいい**。声《こえ》が出《で》なくても、ギターがあれば音楽《おんがく》はできるだろ？」

ケイは階段《かいだん》を上《あ》がって正面《しょうめん》に立《た》ち、リツくんの肩《かた》をガシッとつかんだ。

ひるんだようにケイを見《み》るリツくん。

ケイはそのまま、ずいと顔《かお》を近《ちか》づける。

「——**おまえの音楽《おんがく》で、オレに『まいった』と言《い》わせてみろよ**」

リツくんの眉間《みけん》のしわが、さらに深《ふか》くなる。

至近距離《しきんきょり》でにらみあうふたり。

わたしも、ほかの四人《にん》も、息《いき》をのんでその様子《ようす》を見守《みまも》っていると――。

「つ……」

しばらくして、リツくんが鼻息荒《はないきあら》くケイの手《て》をふりほどいた。

歯《は》を食《く》いしばって荒《あら》い呼吸《こきゅう》をしながら、ノートにペンを走《はし》らせる。


【オレは、ベートーヴェンになる！】


え？

ページにならんだ予想外《よそうがい》の言葉《ことば》に、おもわず目《め》をぱちくりさせる。

リツくんは真剣《しんけん》な表情《ひょうじょう》でつづける。

【ベートーヴェン兄貴《あにき》！　オレがガチでリスペクトしてる、超《ちょう》スゲー音楽家《おんがくか》！】

あ！　ベートーヴェンって、あの？

わたしでも聞《き》いたことある名前《なまえ》だ。

たしか音楽室《おんがくしつ》に肖像画《しょうぞうが》がかざってあるよね。

「ドイツの作曲家《さっきょくか》だよな。『ジャジャジャジャーン！』ってフレーズの『運命《うんめい》』って曲《きょく》が有名《ゆうめい》な」

レキくんの説明《せつめい》にうなずいて、リツくんはつづける。

【兄貴《あにき》はな、二十代《だい》で耳《みみ》が聞《き》こえにくくなる病気《びょうき》になっちまったんだよ。どんどん聞《き》こえなくなって、音楽家《おんがくか》としてもう終《お》わりだって絶望《ぜつぼう》して……命《いのち》を絶《た》とうと遺書《いしょ》まで書《か》いた】

えっ。

衝撃的《しょうげきてき》な言葉《ことば》に、おどろいて息《いき》をのむ。

その「ベートーヴェンになる」って、まさか――。

「リ、リツく……」

【でも】

わたしの声《こえ》をさえぎるように、リツくんはまたペンをうごかしはじめる。

【兄貴《あにき》は、生《い》きて音楽《おんがく》をつくりつづける道《みち》をえらんだんだ。病気《びょうき》になってからも、歴史《れきし》にのこる名曲《めいきょく》をバンバンつくりまくった。マジでカッケーだろ?】

ペンを走《はし》らせながら、リツくんの表情《ひょうじょう》がどんどん変《か》わっていく。

瞳《ひとみ》に熱《あつ》いかがやきがもどって。

口《くち》の端《はし》に、フッと笑《え》みが浮《う》かぶ。

【だからオレ様《さま》も、声《こえ》をうしなったくらいじゃ折《お》れねーぜ！】

バンッと床《ゆか》にペンを置《お》いて、立《た》ち上《あ》がるリツくん。

みんなの顔《かお》をぐるりと見《み》たあと……ノートのページを数枚《すうまい》めくる。

そこに書《か》かれていた言葉《ことば》は――、

【たのむ。オレに勉強《べんきょう》をおしえてくれ】

リツくんはページを見《み》せたあと、ゆっくり頭《あたま》を下《さ》げた。

深《ふか》く、深《ふか》く腰《こし》をおって。

（あのページは今《いま》書《か》いたんじゃない……リツくんは、**あらかじめ書《か》いてた……？**）

わたしたちがさがして声《こえ》をかける前《まえ》から、自分《じぶん》の気持《きも》ちを整理《せいり》して。

勉強《べんきょう》を教《おし》えてもらうこと、ケイたちにたのもうとしてたんだ……！

「――しょうがないな。やるぞ」

ケイがはっきりとした声《こえ》で言《い》った。

すぐにリツくんが顔《かお》を上《あ》げて、ペンをとる。

【ぜってー「音楽《おんがく》をバカにしてごめんなさい」ってあやまらせるぞ、サンノスケ！】

「やる気《き》があるのはけっこうだが、このかぎられた時間《じかん》で成績《せいせき》を上《あ》げるのはかなり大変《たいへん》なことだからな。厳《きび》しい指導《しどう》を受《う》ける覚悟《かくご》をもって……」

【あと、オレが百点《てん》とったら、リツ様《さま》……いやリツ兄貴《あにき》って呼《よ》んでもらうぜ】

「聞《き》け、人《ひと》の話《はなし》を！」

元気《げんき》にやりあうふたりと、それをほほえみながら見守《みまも》る四人《にん》。

そんなみんなを見《み》てると、体《からだ》の奥底《おくそこ》から、自然《しぜん》と元気《げんき》がわいてくる。

「さっそくとりかかろう！　わたしもがんばるよ！」

両手《りょうて》をつきあげるわたしに、「待《ま》て」とストップをかけたのは、ケイだった。

「勉強《べんきょう》の再開《さいかい》は放課後《ほうかご》からにする。それまでは自由時間《じゆうじかん》だ」

「えっ、なんで？」

せっかくやる気《き》になってるのに。

ふだんは勉強《べんきょう》の鬼《おに》みたいに厳《きび》しいケイらしくない発言《はつげん》に、おどろいていると。

ケイはポリポリと頭《あたま》をかいて、ボソッとつぶやいた。

「スケジュールは組《く》みなおすから**すこし休《やす》め**。まどかにはいつでも……元気《げんき》でいてもらわないと、**こまる**」

ケイの、ケイらしくないその言葉《ことば》が。

わたしはなんだか、とびあがるくらい、うれしかったんだ。

ベートーヴェンをはじめとした音楽家《おんがくか》がつくったヨーロッパの伝統的《でんとうてき》な音楽《おんがく》は、「クラシック音楽《おんがく》」と呼《よ》ばれてるぜ。何百年《なんびゃくねん》も前《まえ》の曲《きょく》が今《いま》も大勢《おおぜい》の人《ひと》にきかれて、みんなを楽《たの》しませてるなんてスゲーよな！

15 赤点脱出大作戦《あかてんだっしゅつだいさくせん》！

リツくんの赤点脱出大作戦《あかてんだっしゅつだいさくせん》は、**放課後《ほうかご》からスタート**。

ソフィーさんの許可《きょか》をもらって、うちで泊《と》まりこみの勉強会《べんきょうかい》をすることになった。

実力《じつりょく》テストまで、**あと四日《よっか》**。

かぎられた時間《じかん》をムダにしないよう、みんなで力《ちから》をあわせていくよ！

「――では、『**ぼくは毎日勉強《まいにちべんきょう》する**』という文《ぶん》の『**主語**《しゅご》』と『**述語**《じゅつご》』はどれでしょうか」

ちゃぶ台《だい》の上《うえ》の教科書《きょうかしょ》を指《ゆび》さして、カンジくんが、わたしとリツくんを見《み》る。

「えっと……述語《じゅつご》は『勉強《べんきょう》する』、かな？」

「正解《せいかい》です。では主語《しゅご》は？　リツ」

指名《しめい》されたリツくんは、眉根《まゆね》をぐぐとよせながら、教科書《きょうかしょ》とにらめっこ。

しばらくして、ノートに文字《もじ》を書《か》く。

【ヤベー、わかんねー。**マジでヤバいぜ**】

【オレ、国語《こくご》マジ苦手《にがて》】

にこやかだったカンジくんが、ぴくりと眉《まゆ》をうごかす。

「**ひとついいでしょうか、**リツ」

あらたまったように言《い》うカンジくん。リツくんはひるんだようにあごを引《ひ》く。

「前《まえ》から指摘《してき》しようと思《おも》っていたのですが……リツの『国語《こくご》が苦手《にがて》』の原因《げんいん》は、『**言語化《げんごか》をさぼっている**』ことにあるかもしれません」

「げんごか？」

だんご……**リンゴ？**

リツくんと目《め》をあわせて、一緒《いっしょ》に首《くび》をかしげるわたし。

カンジくんはコホンとせきばらいをすると、冷静《れいせい》に言葉《ことば》をつづける。

「『言語化《げんごか》』とは、簡単《かんたん》に言《い》うと、『**頭《あたま》の中《なか》にある考《かんが》えや思《おも》いを言葉《ことば》にすること**』です。リツの場《ば》合《あい》、とりあえず『**マジで**』『**ヤバい**』と言《い》えばいいと思《おも》っていませんか？」

ギクッと肩《かた》をすぼめるリツくん。

図星《ずぼし》を指《さ》されたのか、瞬《まばた》きがすごく増《ふ》えてる。

すかさずカンジくんが、ずいと顔《かお》をよせる。

「うれしいときも『ヤバい』、かなしいときも『ヤバい』。便《べん》利《り》な言葉《ことば》をつかってラクをしてばかりいると、**言語化《げんごか》する力《ちから》はあっというまに弱《よわ》っていきます。**自分《じぶん》の感情《かんじょう》を正確《せいかく》につたえることができないのはもちろん、相手《あいて》の気持《きも》ちをくみとることもできなくなる。それで、多《おお》くの人《ひと》の心《こころ》に響《ひび》く歌詞《かし》を書けると思《おも》いますか？」

【そ、それは……】

「**音楽《おんがく》をバカにするなというのなら、国語《こくご》もバカにしないように。**言葉《ことば》に対《たい》して誠実《せいじつ》に、**満点《まんてん》を**とるつもりで勉強《べんきょう》に取《と》り組《く》んでください。**いいですね？**」

【ウッス……】

カンジくんの迫力《はくりょく》に気《け》おされつつ、すなおにうなずくリツくん。

カンジくんだけじゃなく、**本気《ほんき》**なのは、ほかの男子《だんし》たちも一緒《いっしょ》だ。

みんないつも以上《いじょう》に、熱《ねつ》の入《はい》った指導《しどう》をしてくれる。

「そんじゃ、『日本国憲法《にほんこくけんぽう》の三原則《さんげんそく》』とは！　リツ！」

【アイ・ラブ・ミュージック！　あと、ドリーム・カム・トゥルー！】

「いや、**ぜんぶ英語《えいご》！**　しかもなんでそんな自信満々《じしんまんまん》なんだよ！」

ツッコミを入《い》れながら、レキくんはポリポリおでこをかく。

「『国民主権《こくみんしゅけん》』『基本的人権《きほんてきじんけん》の尊重《そんちょう》』『平和主義《へいわしゅぎ》』。ここはぜったい暗記《あんき》しようぜって、何回《なんかい》も言《い》ったじゃん」

レキくんに言《い》われて、リツくんはすねたように口《くち》をとがらせる。

【だってさー。キョーミないことって、すぐ忘《わす》れちまうんだよ】

「興味《きょうみ》ないって……はっきり言《い》うなよな～」

苦笑《にがわら》いを浮《う》かべるレキくん。

でも、わたしは内心《ないしん》（ちょっとわかるかも）って、リツくんの意見《いけん》に賛成《さんせい》する。

六年生《ねんせい》になってからの社会《しゃかい》って、**むずかしい単語《たんご》**がどんどん出《で》てくるし、内容《ないよう》も複雑《ふくざつ》だしで、これまで以上《いじょう》に「覚《おぼ》えること」の難易度《なんいど》が上《あ》がってる気《き》がするんだよね。

とはいえ、覚《おぼ》えないわけにもいかないし……。

「ねえ、リッちゃん。**替《か》え歌《うた》**をつくってみるのはどうかな」

ふいに、横《よこ》で一緒《いっしょ》にレキくんのコーチを受《う》けていたヒカルくんが言《い》った。

すぐにレキくんが「おお！」と手《て》をうつ。

「**替《か》え歌暗記法《うたあんきほう》か！**　いいかもな」

「替《か》え歌《うた》？」

首《くび》をかしげていると、同《おな》じく参加《さんか》しているエイトくんがうなずく。

『「parody song《パロディソング》」だね。たとえば、ABC《エービーシー》を覚《おぼ》える「ABC《エービーシー》の歌《うた》」は、「きらきら星《ぼし》」と同《おな》じメロディーで歌《か》詞《し》だけ変《か》えたものだよ』

「えっ？」

ビックリしつつ、頭《あたま》の中《なか》でふたつの曲《きょく》を思《おも》い出《だ》してみると……。

「ほ、**ほんとだ……！**」

どっちも知《し》ってる曲《きょく》だけど、言《い》われるまで気《き》づかなかった！

【そういえばオレ、フシギと歌詞《かし》って忘《わす》れないんだよなー。覚《おぼ》えようと思《おも》って覚《おぼ》えてるわけでもないのにさ】

うれしそうに笑《わら》うリツくん。

オリジナル 替《か》え歌《うた》勉《べん》強《きょう》法《ほう》にチャレンジ！

むずかしい単語《たんご》は音楽《おんがく》の歌詞《かし》にのせて覚《おぼ》えてみよう！

やりかた

1 覚《おぼ》えなきゃいけない単語《たんご》をならべる

▶ 国《こく》民主権《みんしゅけん》 基《き》本的人権《ほんてきじんけん》の尊重《そんちょう》 平《へい》和主義《わしゅぎ》

頭文字《かしらもじ》だけでもOK《オーケー》！

2 曲《きょく》にのせて声《こえ》に出《だ》してみる

♪〜　こく、き、へい！

➡ テスト中《ちゅう》、単語《たんご》を思《おも》い出《だ》すてがかりになる！

ケイ：なんども声《こえ》に出《だ》すと頭《あたま》に残《のこ》るな！

円《まどか》：好《す》きな曲《きょく》に合《あ》わせたら、勉強時間《べんきょうじかん》も楽《たの》しい♪

リツ：みんながかんがえた替《か》え歌《うた》も知《し》りたいぜ！

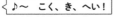

そのとなりでヒカルくんも、うんうんと首《くび》をタテにふる。

「五感《ごかん》とむすびついた記憶《きおく》はのこりやすいって言《い》われるよね。それに音楽《おんがく》にはリラックス効果《こうか》や、脳《のう》の活性化《かっせいか》、集中力《しゅうちゅうりょく》アップの効果《こうか》があるって研究《けんきゅう》もあるんだよ」

【うおおお、**やっぱ音楽《おんがく》ってマジ、ヤバいぜ!!**】

興奮《こうふん》したように書《か》いてから、リツくんはハッとしたように、あわてて言葉《ことば》を書《か》き足《た》す。

【……いや、スゲー、**カノウセイ**がつまってて、**ヒジョー**に、すばらしいもの、です】

ぎこちない文章《ぶんしょう》を見《み》て、カンジくんがにっこり笑《わら》う。

「音楽《おんがく》を味方《みかた》につければ、**勉強《べんきょう》の効率《こうりつ》**が上《あ》がりそうですね」

「みんなで替《か》え歌《うた》の暗記《あんき》ソングつくろうぜ！　リツ、なんかおすすめの曲《きょく》ある？」

【おう！　いくらでもあるぜ！】

みんなでワイワイ話《はな》しながら、替《か》え歌《うた》のアイディアを出《だ》しあうのが、すっごく楽《たの》しくて。

なんだかわたしも、調子《ちょうし》あがってきたよ〜っ！

16 実力《じつりょく》テストの結果《けっか》は……？

そうしてあっというまに日々《ひび》はすぎ、五科目《かもく》の実力《じつりょく》テストはすべて終了《しゅうりょう》した。
返却《へんきゃく》されたテストを手《て》に、放課後《ほうかご》、みんなであつまる。
「リツくんとケイ、まだかな……」
集合場所《しゅうごうばしょ》、二階《かい》の非常階段《ひじょうかいだん》で、ソワソワと待《ま》つ。
ほかのみんなはもう来《き》てるけど、二組《くみ》のケイとリツくんがまだなんだ。
リツくんの結果《けっか》、大丈夫《だいじょうぶ》だったかな……？

「――待《ま》たせたな、おまえら！」
ふいに上《うえ》から聞《き》こえた声《こえ》に、おどろいてふりかえる。

あっ……！

「よォ！」

ニッと笑《わら》って手《て》を上《あ》げると、リツくんはひょいひょいと軽《かる》い足《あし》どりで階段《かいだん》を駆《か》け下《お》りてきて、スタッとわたしのとなりに着地《ちゃくち》した。

「オレ様《さま》の美声《びせい》が恋《こい》しかっただろ？」

自信《じしん》たっぷりな、**ハスキーボイス**。

なつかしいその響《ひび》きに、うれしさがこみあげてくる。

「リツくん！　声《こえ》がもどったんだ！」

「ついさっきな！」

あ〜、よかったぁ！

わたしは心《こころ》からホッと胸《むね》をなでおろした。

へとへとメーターは、ここ数日《すうじつ》ですこしずつ回復《かいふく》してはいたけど、リツくんの声《こえ》はなかなかもどらなくて。「**このままだったらどうしよう**」って、すごく不安《ふあん》だったんだ。

リツくんは得意《とくい》げに笑《わら》いながら、ズボンのポケットをごそごそする。

「さらに、これを見《み》ろ！」

じゃじゃーんと広《ひろ》げたのは、五枚《まい》の答案用紙《とうあんようし》。

「**全科目《ぜんかもく》、三十点以上《てんいじょう》！**　**赤点《あかてん》ナシ**だぜ！」

さらに、体《からだ》をひねって見《み》せてくれた背中《せなか》には、赤《あか》いエレキギターが！

「すごいよ、リツくん！　ギタ郎《ろう》くんも返《かえ》してもらえたんだ！」

「おうよ！　声《こえ》もとりもどしたし、これで明日《あした》の最終審査《さいしゅうしんさ》はヨユーでクリアー！　マジでヤバいギターテクで、世界中《せかいじゅう》を恋《こい》に落《お》とすぜ！」

「また『マジ』と『ヤバい』がもどってますよ、リツ」

ちょっぴりあきれたように、でもうれしそうに笑《わら》うカンジくん。

それからわたしも、手《て》に持《も》っていた答案用紙《とうあんようし》をみんなに広《ひろ》げて見《み》せる。

「それじゃあ、**わたしもこれ！**　最高得点《さいこうとくてん》……**更新《こうしん》できましたっ！**」

国語《こくご》で、**六十一点《てん》！**

目標《もくひょう》だった六十点以上《てんいじょう》。超《ちょう》ギリギリだけど、**更新《こうしん》**は更新《こうしん》だもんね！

ほかの科目《かもく》も、一学期《がっき》の学期末《がっきまつ》テストより、すこしだけいい点数《てんすう》だったし！

「念《ねん》のため確認《かくにん》だが、**寿命《じゅみょう》の数字《すうじ》**はどうなってる？」

厳《きび》しい表情《ひょうじょう》のまま聞《き》くケイにむかって、わたしはにっこりブイサインをかえす。

「大丈夫《だいじょうぶ》！　何度《なんど》も確認《かくにん》してるけど、しっかり『61』になってるよ！」

「おぉ〜っ！」

「やったね、まるまる！」

みんなでよろこびをわかちあう。

ケイも「そうか」と、ようやく表情《ひょうじょう》をゆるめた。

これで心《こころ》おきなく、リツくんのオーディションを応援《おうえん》できるね！

「それにしても、なんだか今回《こんかい》のテスト範囲《はんい》は、いつもより自信《じしん》をもって解答《かいとう》を書《か》けたところが多《おお》かったんだよね」

「おっ、音楽効果《おんがくこうか》か？」

うれしそうに言《い》うリツくん。

「うん。それもあるんだけど……」

今《いま》になってふりかえってみると、リツくんに勉強《べんきょう》を「教《おし》える」っていう時間《じかん》が、すごくいい刺《し》激《げき》になった気《き》がするんだ。

これまでは「教《おそ》わる」のが当《あ》たり前《まえ》で、人《ひと》に教《おし》える立場《たちば》になるなんて思《おも》ってもみなかったけど。

頭《あたま》の中《なか》にある知識《ちしき》をじっさいに「教《おし》えよう」って話《はな》してみると、意外《いがい》とスムーズに話《はな》せないことにビックリして。

でも、おかげで、**あやふやなままスルーしてた部分《ぶぶん》**とか、覚《おぼ》えてる気《き》になってた部分《ぶぶん》がわかったんだよね。

根《こん》をつめすぎてゴチャゴチャになってたところが、**すっきりした**というか。

「勉強《べんきょう》コーチの時間《じかん》が、**いろんなことに気《き》づかせてくれた**んだと思《おも》う。夏休《なつやす》みのあいだ、がんばって勉強《べんきょう》したのに調子《ちょうし》がいまいちだった壁《かべ》を乗《の》りこえられたのは、リツくんのおかげだよ」

「マジで！　まどちの役《やく》に立《た》てたならオレもスゲーうれしい！」

はしゃいだように笑《わら》うリツくん。

「まどち六十一点《てん》、イエーイ！」

「イエーイ！」

ふたりで一緒《いっしょ》になってぴょんぴょんとびはねていると。

タイミングを見計《みはか》らったように、エイトくんが『あのさ』と声《こえ》をあげた。

『もうひとつ、**大事《だいじ》なこと**を確認《かくにん》してもいい？』

大事《だいじ》なこと？

ぴたりと止《と》まって、首《くび》をひねる。

『マドカとリツの**恋人関係**《こいびとかんけい》は、実力《じつりょく》テストまでの期間限定《きかんげんてい》だと聞《き》いたけど』

エイトくんの言葉《ことば》に、すぐにレキくんが「あ！」と反応《はんのう》する。

「そうだよ！　つまり、ふたりはもう**別《わか》れた**ってことでいいんだよな？」

「あ、そういえば……」

リツくんとお付《つ》き合《あ》いするのは、実力《じつりょく》テストまでの期間限定《きかんげんてい》って約束《やくそく》だったっけ。

思《おも》い返《かえ》すと、いろいろバタバタしすぎてて、いわゆる「カレシとカノジョ」みたいなことは、なにもなかったけど……。

チラリとリツくんに視線《しせん》を送《おく》ると、彼《かれ》は思《おも》っていたよりもあっけらかんと、「まー、約束《やくそく》だからな」と笑《わら》った。

「じゃあ、いったん別《わか》れたってことで！　もちろん、**オレ様《さま》はあらためて正式《せいしき》に付《つ》き合《あ》う気満々《きまんまん》だけどな！**」

ぐっと親指《おやゆび》を立《た》てて笑《わら》うリツくん。

いつも以上《いじょう》にゴキゲンで、テンションが高《たか》い。

やっぱりギタ郎《ろう》くんがもどってきたのが、うれしいんだろうな。

「まー、とりあえずさ！　オレ様《さま》の赤点脱出《あかてんだっしゅつ》とまどち寿命更新《じゅみょうこうしん》のお祝《いわ》いに、新曲《しんきょく》を聞《き》いてくれ！」

リツくんはへへっと笑《わら》って、階段《かいだん》を数段《すうだん》上《あ》がる。

「明日《あした》の最終審査《さいしゅうしんさ》は、ひとり五分間《ふんかん》、ステージで自由《じゆう》にパフォーマンスしていい時間《じかん》がもらえるんだってさ。オレはもちろん、ギターで自分《じぶん》の歌《うた》を披露《ひろう》する予定《よてい》だ！」

「わ〜、楽《たの》しみ！」

やっぱり、リツくんといえばギターだもんね。

「そのためにつくった新曲《しんきょく》、おまえらには特別《とくべつ》に、宇宙最速《うちゅうさいそく》で聞《き》かせてやるよ！」

背中《せなか》のギターを肩《かた》からかけて、ジャカジャカと演奏《えんそう》をはじめるリツくん。

リツくんらしい、いきいきとした表情《ひょうじょう》が、晴《は》れた青空《あおぞら》によく映《は》える。

♪〜

非常階段《ひじょうかいだん》に鳴《な》りひびく、さわやかな旋律《せんりつ》。

前奏《ぜんそう》が終《お》わると、リツくんが口《くち》をひらき——、

「………」

リツくんはそのまま、ふと、指《ゆび》を止《と》めた。

一瞬《いっしゅん》、そういう演出《えんしゅつ》の歌《うた》なのかと思《おも》ったけど……**何秒《なんびょう》たっても、歌《うた》い始《はじ》めない。**

「……リツくん？」

なんか様子《ようす》がおかしい。

心配《しんぱい》しながら見《み》つめていると、リツくんはぼうぜんとした表情《ひょうじょう》で、ゆっくりとギターから手《て》をはなして。

その手《て》を、自分《じぶん》の、のどへと持《も》っていく。

「ヤベー………**声《こえ》が、出《で》ねー……**」

17　さらなるピンチ！

「えっ……どういうこと？」

声《こえ》**が出**《で》**ない？**　その言葉《ことば》の意味《いみ》がよくわからなかった。

だって今《いま》、**ちゃんと話**《はな》**せてるよね？**

声《こえ》は出《で》てる。へとへとメーターが回復《かいふく》して、無事《ぶじ》にとりもどせたはず……。

みんなが心配《しんぱい》そうに目線《めせん》をかわす中《なか》、リツくんの顔《かお》がどんどん曇《くも》っていく。

「いや、話《はな》すのはいける。けど……」

わたしはハッと息《いき》をのんだ。

「もしかして、**歌**《うた》**が、うたえない**ってこと……？」

リツくんは眉根《まゆね》をよせて、こくりとうなずく。

「くそっ。最終審査《さいしゅうしんさ》は明日《あした》……**ここまできて、これかよ……！**」

ガシガシと頭《あたま》をかきむしるリツくん。

その様子《ようす》を見《み》たケイたちが、真剣《しんけん》な表情《ひょうじょう》で話《はな》しだす。

「どういうことだ？　一度《いちど》はもとに戻《もど》ったのに、再《ふたた》び声《こえ》が出《で》なくなるなんて……」

「問題《もんだい》の解決《かいけつ》には、なにか条件《じょうけん》を満《み》たさなければならないということでしょうか」

『でも、もしマドカの寿命《じゅみょう》から影響《えいきょう》を受《う》けるものなら、さっき延長《えんちょう》された時点《じてん》で問題《もんだい》はクリアーしたはずだよ。リツの声《こえ》だけ逆戻《ぎゃくもど》りするなんて説明《せつめい》がつかない……』

そうだよ、こんなの**おかしい。**

寿命《じゅみょう》の数字《すうじ》とへとへとメーターは、実力《じつりょく》テストが終《お》わってどちらも問題《もんだい》なくなったはず。

それに、前《まえ》は声《こえ》のすべてをうしなっていたけど、今《いま》は歌《うた》うときだけ、って……。

「——これは、ひとつの**可能性**《かのうせい》なんだけど」

ふと、ヒカルくんが口《くち》をひらいた。

「もしかしたら、リッちゃんの『**心**《こころ》』が関係《かんけい》してるのかもしれない」

「心《こころ》……？」

ヒカルくんは神妙《しんみょう》な面持《おもも》ちでつづける。

「人《ひと》の体《からだ》は、**緊張**《きんちょう》**する場面**《ばめん》や**プレッシャー**を感《かん》じたとき、自然《しぜん》と心臓《しんぞう》がドキドキしたり、体温《たいおん》が上《あ》がったりするんだ。ほかにも、おなかが痛《いた》くなることや、汗《あせ》が出《で》たり、のどがカラカラになったり……」

「あ、わかる！　あと、顔《かお》が熱《あつ》くなったり！」

わたしも、人前《ひとまえ》で話《はな》すときとか、大事《だいじ》なテストの前《まえ》とか、すごく緊張《きんちょう》しちゃうんだ。

ヒカルくんがわたしを見《み》てうなずく。

「そう、ほどよい緊張感《きんちょうかん》は、集中力《しゅうちゅうりょく》や、**やる気《き》を高《たか》めてくれる**んだ。だけど**緊張《きんちょう》しすぎる**と、筋肉《きんにく》がかたまって思《おも》うようにうごかせなくなったり、いつもできていたことができなくなったりする。つまり、リッちゃんが歌《うた》えなくなったのは……」

「緊張《きんちょう》……？　オレ様《さま》がビビってるっつーのかよ」

リツくんがけわしい表情《ひょうじょう》で言《い》った。

すぐにレキくんが「そうじゃなくて」とフォローする。

「ヒカルは、無意識《むいしき》の体《からだ》の反応《はんのう》が原因《げんいん》かもしれないってことを言《い》いたいんだろ。可能性《かのうせい》のひとつとして、そこから解決法《かいけつほう》をさぐってみるのも……」

「**オレ様《さま》は緊張《きんちょう》なんてしねーよ！**」

リツくんが声《こえ》を荒《あら》らげる。

「オレ様《さま》は**つよい**……マジで最強《さいきょう》の、音楽《おんがく》に愛《あい》された男《おとこ》なんだ……！」

自分《じぶん》に言《い》い聞《き》かせるようにくりかえすリツくん。

ギュッとつよくにぎったこぶしが、小刻《こきざ》みにふるえている。

見《み》かねたように、エイトくんが彼《かれ》の肩《かた》に手《て》を置《お》く。

『リツ、この状況《じょうきょう》で意地《いじ》をはってもしかたないよ。オレたちが力《ちから》になるから、一緒《いっしょ》に……』

「いや、これは**オレの問題**《もんだい》だ。自分《じぶん》でなんとかする。そうしたいんだ」

歯《は》を食《く》いしばって首《くび》を横《よこ》にふるリツくん。

「リツくん……」

ヒカルくんの言《い》うように、もし、歌《うた》えなくなった原因《げんいん》がリツくんの心《こころ》にあるとしたら。

(わたしにできることなら、力《ちから》になりたい……**だけど……**)

両手《りょうて》にぐっと力《ちから》をこめたとき、ふっと頭《あたま》の中《なか》で声《こえ》がひびく。


――負《ま》けたくねーんだ。「音楽《おんがく》はスゲーんだ」って、「人間《にんげん》が生《い》きてくのにぜったい必要《ひつよう》で、大《だい》事《じ》な科目《かもく》なんだ」ってことを、オレは自分《じぶん》の力《ちから》で証明《しょうめい》したい。

――だってオレは、音楽《おんがく》の教科書《きょうかしょ》だから。

あのとき話《はな》してくれたリツくんの言葉《ことば》。

リツくんが音楽《おんがく》にかける想《おも》いは、わたしが想像《そうぞう》するより、**ずっとつよい。**

そこに、気軽《きがる》に踏《ふ》みこんじゃいけない気《き》がして……。


「……たのむ。ひとりにしてくれ」

リツくんは背中《せなか》をむけて階段《かいだん》をのぼり、扉《とびら》のむこうへと去《さ》っていった。

あんなに落《お》ちこんだリツくんを見《み》るのは……**はじめて**だった。

18　力《ちから》をあわせて

リツくんが去《さ》ったあと、しばらくみんなだまりこんでいた。

わたしもいろいろな考《かんが》えが頭《あたま》をめぐって、なかなか言葉《ことば》を見《み》つけられなくて。

ただ、はっきりしていることが、ひとつ。

――リツくんのために、なにかしたい。

自分《じぶん》になにができるのか、なにをしたらいいのかは、わからないけど……。

「……さて、多数決《たすうけつ》とるか」

沈黙《ちんもく》をやぶったのは、ケイだった。

みんなすこしおどろいた表情《ひょうじょう》で、ケイへと視線《しせん》をあつめる。

うつむいた前髪《まえがみ》にかくれて、その表情《ひょうじょう》はよく見《み》えない。

「多数決《たすうけつ》って……？」

「この場《ば》にいる全員《ぜんいん》の意見《いけん》によって、**今日《きょう》これからのスケジュール**を決定《けってい》する。このまま予定《よてい》どおり勉強《べんきょう》をするか、または、アイツのためになにができるか、ここにいる六人《にん》で全力《ぜんりょく》をかけて知《ち》恵《え》を出《だ》しあって考《かんが》えるか。その二択《たく》だ」

一息《ひといき》に言《い》って、ケイが顔《かお》を上《あ》げた。

みんなの顔《かお》を確認《かくにん》するようにサッと目《め》を走《はし》らせたあと、ちょっと居心地《いごこち》が悪《わる》そうに下《した》をむく。

「オッケー、二択《たく》ね！」

まっさきに手《て》をあげたのは、レキくん。

「おれ、**リツのサポートに一票《ぴょう》～！**」

軽《かろ》やかに言《い》って、ニッと笑《わら》うレキくん。

同《おな》じようにカンジくんにエイトくん、ヒカルくんも笑《え》みを浮《う》かべて、片手《かたて》をあげる。

「俺《おれ》もリツに」

「**Me too.**《ミー トゥー》（オレも）」

「僕《ぼく》も～！」

ハッとして、わたしも右手《みぎて》を思《おも》いっきりあげる。

「わ、わたしもっ！」

しっかりとあがった、五つの手《て》。

ケイはふたたび顔《かお》を上《あ》げて、みんなの手《て》をゆっくりと見《み》たあと、

「……まったく、**しかたないな**」

そう言《い》って、ちいさく息《いき》をついた。

眉間《みけん》にしわをよせた渋《しぶ》い顔《かお》……だけど、どこかホッとした表情《ひょうじょう》で、ケイはつづける。

「実力《じつりょく》テストでひとまず**寿命《じゅみょう》は更新《こうしん》**されたが、危機的状況《ききてきじょうきょう》にあるのは変《か》わらないし、満点《まんてん》をとるまで気《き》をぬくことはできない………が、**今日《きょう》くらいは休《やす》んでも、問題《もんだい》ないだろう**」

よかった……！

ぱあっと笑顔《えがお》になって、みんなとうなずきあう。

今《いま》までのケイだったら、はじめから多数決《たすうけつ》なんかとらないで、「本人《ほんにん》がひとりにしろと言《い》ってるんだから、そうしておけばいい」とか言《い》って、つきはなしてたように思《おも》う。

リツくんとはずっと折《お》りあいが悪《わる》くて、ケンカばかりしてるし。

でも……この前《まえ》ケイが打《う》ち明《あ》けてくれたように、ケイはリツくんと「**むきあってみよう**」って思《おも》いはじめている。

リツくんが勉強《べんきょう》を教《おそ》わるのを拒否《きょひ》したときも、ケイなりのやり方《かた》で、リツくんのやる気《き》を引《ひ》き

出《だ》してくれた。

きっとなんだかんだ、「仲間《なかま》」としてリツくんを大切《たいせつ》に思《おも》ってるんだ。

そしてそれは、ほかのみんなも同《おな》じ。

そう感《かん》じられることが……なんだかすごく、うれしかった。

「アイツがどうなろうがオレには関係《かんけい》ないが、まどかがこれ以上勉強《いじょうべんきょう》に集中《しゅうちゅう》できなくなってはこまるからな。……**やるぞ**」

気合《きあ》いの入《はい》ったケイの表情《ひょうじょう》。

わたしたちもあらためて、うなずきあう。

「とはいえ、リツくん本人《ほんにん》が助《たす》けはいらないって言《い》ってるし……わたしたちに、なにができるんだろう？」

ただ「助《たす》けたい」って気持《きも》ちを無理《むり》に押《お》しつけても、それがリツくんにとって本当《ほんとう》に助《たす》けになるのか、わからないしなぁ。

明日《あした》の、**オーディション最終審査《さいしゅうしんさ》**。

それまでに、リツくんがもとどおり歌《うた》えるようになるのが、いちばんいいんだろうけど……。

「まるちゃんの言《い》うとおり、あんま不用意《ふようい》なことはできないよなー。リツの性格《せいかく》からして、おれたちからなにか言《い》っても、すなおに受《う》け取《と》ってはくれないだろうし」

あごに手《て》をあてながら言《い》うレキくん。ほかの男子《だんし》たちもうなずく。

「もしリッの心《こころ》の問題《もんだい》が原因《げんいん》なら、俺《おれ》たちがはたらきかけることで、かえってプレッシャーをかけることになってしまうかもしれませんよね」

「そう考《かんが》えると、リッちゃんに直接《ちょくせつ》なにかするんじゃなくて、もっと**べつの方法《ほうほう》**を考《かんが》える必要《ひつよう》があるよね」

『歌《うた》えないというリッの心《こころ》の問題《もんだい》を、リッ本人《ほんにん》とはかかわらないところで手助《てだす》けする方法《ほうほう》……』

リッくんの、心《こころ》の問題《もんだい》……。

――ふと、思《おも》い出《だ》す。

わたしも、だれにも心《こころ》をひらけない時期《じき》があった。

大好《だいす》きなママが死《し》んじゃって……目《め》の前《まえ》が真《ま》っ暗《くら》になって。

出口《でぐち》のないトンネルの中《なか》で、ひとり、ひざをかかえて耳《みみ》をふさいでた。

そんなわたしが、ふたたび前《まえ》をむけたのは。

もう一度《いちど》がんばろうって力《ちから》がわいてきたのは――。

「心配《しんぱい》してくれる人《ひと》がいる」「なにがあっても味方《みかた》でいてくれる人《ひと》がいる」って、心《こころ》から思《おも》えた

からだ。

おばあちゃん、親友《しんゆう》の優《ゆう》ちゃん、そして——科目男子《かもくだんし》たち。

心強《こころづよ》かった。

みんなの存在《そんざい》が、かけてくれた言葉《ことば》が、支《ささ》えになってくれたんだ。

わたしたちも、リツくんにとってそんな存在《そんざい》になれたら。

応援《おうえん》してるよ、そばにいるよって、つたえられたら……。

「……そもそも、アイツの本当《ほんとう》の目標《もくひょう》は『オーディションで歌《うた》うこと』じゃなく、その先《さき》にあるんじゃないのか」

ぽつりとケイがつぶやいた。

ハッとする。

(その先《さき》……)

リツくんが話《はな》してくれた夢《ゆめ》。

——世界中《せかいじゅう》のみんなを音楽《おんがく》で笑顔《えがお》にすること。

つまり「オーディションで歌《うた》うこと」も、「オーディションに合格《ごうかく》すること」も、夢《ゆめ》をかなえるために通《とお》りたい道《みち》ってだけで、それが最終目標《さいしゅうもくひょう》ってわけじゃないんだ。

でも、最終審査《さいしゅうしんさ》のステージが、みんなに彼《かれ》の音楽《おんがく》のすごさを知《し》ってもらうための最高《さいこう》のチャンスだってことは、まちがいないし…………。

「動画《どうが》だ……」

頭《あたま》の中《なか》に、パチッと光《ひかり》がともる。

「ねえ、**動画《どうが》をつくる**ってどうかな？」

「動画《どうが》、ですか？」

首《くび》をかたむけるカンジくんに、わたしはコクコクとうなずく。

「わたしたちで、**リツくんのアピール動画《どうが》**をつくるの！　リツくん、自撮《じど》りした演奏《えんそう》の動画《どうが》をよく送《おく》ってくれててね、それを五分間《ふんかん》の動画《どうが》に編集《へんしゅう》すれば……！」

リツくんが言《い》ってた最終審査《さいしゅうしんさ》での持《も》ち時間《じかん》は、五分間《ふんかん》。

その長《なが》さにあわせた動画《どうが》をつくってステージで流《なが》してもらうことができたら、リツくんの素敵《すてき》な音楽《おんがく》を、**たくさんの人《ひと》に届《とど》けることができる！**

リツくんがどれだけ努力《どりょく》してきたか、どれだけ真剣《しんけん》に音楽《おんがく》にむきあっているのかってことも知《し》ってもらえるし。

リツくん本人《ほんにん》にも、**「わたしたちは味方《みかた》だ」**って思《おも》ってもらえるはずだ。

「アピール動画《どうが》か……うん！　いいアイディアかも！」

レキくんが言《い》うと、ほかの男子《だんし》たちも笑顔《えがお》でうなずきあう。

『動画《どうが》なら、じっさいにそれをステージでつかうかどうか、リツ本人《ほんにん》の判断《はんだん》にゆだねられるしね』

「ええ。それならリツの『ひとりにしてほしい』という気持《きも》ちを尊重《そんちょう》できますし、プレッシャーにもなりにくいはずです」

「僕《ぼく》、動画編集《どうがへんしゅう》のことすこしわかるよ！　いろんなアプリをいじるのが好《す》きで、小梅《こうめ》ばぁばのタブレット借《か》りていろいろ試《ため》してたことあるから」

「ほんと!?　わたしも前《まえ》に、リツくんからちょっとだけやり方《かた》を教《おそ》わったの」

「よし。じゃあヒカルとまどかをリーダーにして、それぞれ役割分担《やくわりぶんたん》していこう」

やっぱり、みんながいると心強《こころづよ》い。

それぞれの得意《とくい》なことを持《も》ちよって、あっというまに役割《やくわり》が決《き》まっていく。

――リツくんのために、今《いま》できることをやろう！

みんなの気持《きも》ちがひとつにかさなって、前《まえ》へすすむパワーがわいてくる。

「本格的《ほんかくてき》な作業《さぎょう》は家《いえ》に帰《かえ》ってからだな。さっそく荷物《にもつ》をとりに教室《きょうしつ》にもどって……」

「リツはさー、**ケイ**とちょっと似《に》てるよな」

ふとつぶやいたレキくんの言葉《ことば》に、すぐさまケイが反応《はんのう》する。

「どこがだ！　あんなちゃらんぽらんと一緒《いっしょ》にするな！」

ぷりぷりと怒《おこ》るケイの横《よこ》で、カンジくん、ヒカルくん、エイトくんがクスッと笑《わら》う。

「わかる気《き》がします。**すなおじゃない**ところとか」

「うんうん、**人《ひと》にたよるのが**苦手《にがて》なとことかね～」

『ケンカっぱやいところもね』

「**断《だん》じて似《に》てない！**　オレとアイツの共通点《きょうつうてん》はゼロだ、**ゼロ！**」

納得《なっとく》いかないという表情《ひょうじょう》でみんなを見《み》るケイ。

そんなケイの頭《あたま》を、レキくんが笑《わら》いながらポンポンとなでる。

「でもおれは**好《す》きだぜ？**　ケイとリツの、**不器用《ぶきよう》なのに超《ちょう》まっすぐで、**一生懸命《いっしょうけんめい》なとこ」

「なっ……」

ケイは一瞬《いっしゅん》、ぽかんとレキくんを見《み》たあと。

あわてたように口《くち》を曲《ま》げて、くるりと背中《せなか》をむける。

「フン……時間《じかん》はかぎられてるんだ。行《い》くぞ」

足早《あしばや》に階段《かいだん》をのぼっていくケイ。
その顔《かお》がちょこっと赤《あか》くなってたことには、たぶん、みんな気《き》づいてた。

19　いよいよ最終審査《さいしゅうしんさ》

——土曜日《どようび》。

超人気《ちょうにんき》オーディション番組《ばんぐみ》「スター・ボックス」の、最終審査《さいしゅうしんさ》の日《ひ》がやってきた。

会場《かいじょう》は都内《とない》のコンサートホール。

今日《きょう》は生放送《なまほうそう》で、抽選《ちゅうせん》で当《あ》たったお客《きゃく》さんも観覧《かんらん》できることになっているらしい。

建物《たてもの》の前《まえ》の広場《ひろば》には、若《わか》いカップルや親子《おやこ》づれ、おばあさんのグループなど、いろんな人《ひと》がいて、みんな興奮《こうふん》したように話《はな》しながら、入場列《にゅうじょうれつ》にならんでいる。

そんなお客《きゃく》さんたちを横目《よこめ》に、わたしたちがむかったのは、ホールの裏手《うらて》にある関係者入《かんけいしゃい》り口《ぐち》の前《まえ》。

「……**モリノさんとの待《ま》ちあわせ**、ここであってるよね？」

落《お》ちつかない気持《きも》ちでキョロキョロまわりを見《み》ると、ケイがチラリと時計《とけい》に目《め》をやった。

「場所《ばしょ》は座標《ざひょう》レベルで一致《いっち》してる。**指定《してい》された時間《じかん》からは十三分《ぷん》も遅《おく》れてるが……**」

「まぁ、生放送《なまほうそう》だしなー。スタッフさんはみんな、そうとう忙《いそが》しいと思《おも》うぜ」

「そうですね。そもそもモリノさんはリッ専属《せんぞく》のスタッフさんというわけではないそうですし、こうして時間《じかん》をつくっていただけただけでも、ありがたいです」

ソワソワするケイの横《よこ》で、レキくんとカンジくんが冷静《れいせい》に言葉《ことば》をかわす。

——昨日《きのう》の夜《よる》、みんなで力《ちから》をあわせて完成《かんせい》させた、リッくんのアピール動画《どうが》。

それについて、まずソフィーさんに相談《そうだん》したら、番組《ばんぐみ》スタッフのモリノさんに連絡《れんらく》をとってくれたんだ。ソフィーさんもリッくんのことが気《き》になっていたみたいで、すぐにうごいてくれて。

事情《じじょう》を聞《き》いたモリノさんは、**「開演前《かいえんまえ》にリッくんと会《あ》えるように調整《ちょうせい》する」**って約束《やくそく》してくれたの。

(リッくん、今《いま》、どんな気持《きも》ちでいるのかな……)

昨日《きのう》から、リッくんとはまったく連絡《れんらく》が取《と》れてない。

ソフィーさんにも「ひとりにして」って言《い》ってるみたいだし、リッくんの性格《せいかく》から考《かんが》えると、きっとだれにもたよることなく、本当《ほんとう》に自分《じぶん》ひとりでなんとかしようと思《おも》ってるんだと思《おも》う。

だけど……だからって、**ほうっておくことなんてできない。**

すこしでも、リツくんのためになにかしたかったんだ。

リツくんは……わたしたちの、仲間《なかま》だから。

「あー、まどかちゃん！　遅《おく》れてごめんねー」

声《こえ》のしたほうをふりかえると、モリノさんが手《て》をふって駆《か》けよってくるのが見《み》えた。

「モリノさん！　今日《きょう》はごめんなさい、無理《むり》言《い》って」

「ううん。私《わたし》も昨日《きのう》リツくんから『声《こえ》が出《で》ないから明日《あした》は歌《うた》えない。ギターだけでいく』って急《きゅう》に連絡《れんらく》きて、ほんとビックリして！　すごく心配《しんぱい》してたとこだったからさー。あ、ついてきて！」

小柄《こがら》な体《からだ》からは想像《そうぞう》できないほどの早歩《はやある》きで、どんどん先《さき》へすすむモリノさん。

わたしたちも、あわててそのあとを追《お》いかける。

「こういうとき無理《むり》するのはよくないし、リツくんはギターだけでも十分《じゅうぶん》すごいんだけどねー。でもやっぱり、あの歌声《うたごえ》を聴《き》いてほしいとも思《おも》うの。本人《ほんにん》にも、悔《く》いをのこしてほしくない」

前《まえ》を行《い》くモリノさんが、力《ちから》のこもった声《こえ》で言《い》う。

「私《わたし》はリツくんの音楽《おんがく》……本気《ほんき》で、**世界中《せかいじゅう》に知《し》られるべき**って思《おも》ってるから」

気持《きも》ちの入《はい》ったその言葉《ことば》が、じんと胸《むね》にしみる。

モリノさんが本気《ほんき》でリツくんの才能《さいのう》をみとめていて、期待《きたい》してるからこそ、わたしたちに協力《きょうりょく》してくれるんだってつたわってくるから。

（やっぱり、リツくんはみんなのスターなんだ……！）

彼《かれ》の音楽《おんがく》を、ここで止《と》めちゃいけない。

わたしはあらためてそう感《かん》じながら、通用口《つうようぐち》からつづく廊下《ろうか》をいそいだ。


モリノさんにつれられて到着《とうちゃく》したのは、ステージ裏《うら》。

あわただしくたくさんの大人《おとな》が行《い》きかう中《なか》をすりぬけて、ひとつの扉《とびら》をひらく。

「……なーんだ。やっぱ来《き》たか」

控《ひか》え室《しつ》の中《なか》のリツくんは、イスに座《すわ》ってブーツのひもを結《むす》んでいるところだった。

リツくんはこちらをチラリと見《み》てから、ふたたび手《て》をうごかしはじめる。

「モリノさん、オレ、まどちたちは呼《よ》ぶなってたのんでたのにさー」

「ごめんねー、勝手《かって》なことして」

あやまるモリノさんに、リツくんはスネたように口《くち》をとがらせながら、「いいよ、もう」とそっぽをむく。

「じゃあ、また呼《よ》びに来《く》るね！」

モリノさんがバタバタと出《で》ていくと。

リツくんはまた目線《めせん》を足元《あしもと》にむけ、「昨日《きのう》さ」と話《はな》しはじめた。

「いろいろためしたんだけど、やっぱ、本調子《ほんちょうし》で歌《うた》えるようにはなんなくてさー。まぁ、オレ様《さま》にはギタ郎《ろう》いるし、演奏《えんそう》だけでも天下《てんか》とれるだろ。ヨユーヨユー」

ギュッ、ギュッと力《ちから》をこめて、ひもをきつく結《むす》ぶリツくん。

彼《かれ》の言葉《ことば》とはうらはらに、その表情《ひょうじょう》に元気《げんき》はなく、つよがっているように見《み》えて……。

「リツくん」

わたしはあらためて、リツくんのほうへむきなおる。

「今《いま》から送《おく》る**動画《どうが》**を見《み》てくれる？」

「動画《どうが》？」

リツくんはおどろいたように顔《かお》を上《あ》げ、目《め》をまたたかせた。

わたしはスマホを操作《そうさ》して、完成《かんせい》した動画《どうが》をリツくんあてに送信《そうしん》する。

「わたしたちでつくったんだ、**リツくんのアピール動画《どうが》**」

「アピール動画《どうが》、って……」

けげんそうに眉《まゆ》をひそめながら、スマホを手《て》に取《と》るリツくん。

無言《むごん》のままでいる彼《かれ》に、つづけて説明《せつめい》する。

「モリノさんがプロデューサーさんに確認《かくにん》してくれて、『**持《も》ち時間《じかん》の五分間《ふんかん》は自由《じゆう》につかえるルールだから、この動画《どうが》を流《なが》してもいい**』って言《い》ってくれたの」

「……………」

リツくんはけわしい表情《ひょうじょう》のまま、わたしを見《み》た。

彼《かれ》が持《も》つスマホの画面《がめん》に表示《ひょうじ》された動画《どうが》は、まだ、再生《さいせい》ボタンが押《お》されていない。

（やっぱり、迷惑《めいわく》だったかな……）

不安《ふあん》な気持《きも》ちが、どんどんわきあがってくる……けど。

わたしはギュッとこぶしをにぎって、リツくんの顔《かお》を見《み》つめ返《かえ》す。

「もちろん、どうするかはリツくんが決《き》めることだと思《おも》う。でもね……**リツくんはひとりじゃない。わたしたちは味方《みかた》だよ**ってことをつたえたかったんだ」

「味方《みかた》、か……」

リツくんはじっとわたしの目《め》を見《み》たあと、スマホへ視線《しせん》をもどした。

ポチリ、再生《さいせい》ボタンが押《お》される。

『♪〜』

流《なが》れ出《だ》す音楽《おんがく》と、映像《えいぞう》。

わたしたちは息《いき》をのんで、リツくんの横顔《よこがお》を見《み》つめる。

「……なんだよこれ」

ふいに、動画《どうが》を見《み》るリツくんがぽつりとつぶやいた。

無表情《むひょうじょう》で、どこか怒《おこ》っているようにも見《み》えて。

（えっ、ダ、ダメだったかな……？）

ハラハラしながら、前《まえ》のめりになって見《み》つめていると——、

「なんだこれ。マジで、ヤバいやつじゃん！」


その口《くち》の端《はし》に浮《う》かぶ笑《え》み。

リツくんは明《あか》るい表情《ひょうじょう》で、パッと顔《かお》を上《あ》げる。

「ま、素材《そざい》がオレ様《さま》だから、トーゼンか！」

「おっ、出《で》たよ。リツのオレ様発言《さまはつげん》！」

軽《かる》いノリで返《かえ》すレキくん。リツくんはアハハッとふきだすように笑《わら》う。

「なぁ、ここの文章考《ぶんしょうかんが》えたのってカンジだろ？」

「はい。リツの魅力《みりょく》を多《おお》くの人《ひと》につたえられるよう、推敲《すいこう》を重《かさ》ねました」

「やっぱなー。んで、構成《こうせい》のセンスはレキとエイト。特殊効果《とくしゅこうか》はヒカル、きっちり五分《ふん》におさめたのはケイだな」

つぎつぎに言《い》い当《あ》てるリツくん。

さらに、わたしを見《み》てニッと笑《え》みを浮《う》かべる。

「発案《はつあん》は、まどちだろ？」

まっすぐ、心《こころ》のまんなかを見《み》つめるような瞳《ひとみ》。

わたしは胸《むね》の奥《おく》が熱《あつ》くなるのを感《かん》じながら、こくりとうなずく。

リツくんはうれしそうにうなずきかえし、立《た》ち上《あ》がった。

「大事《だいじ》なカノジョからのプレゼント、受《う》けとらないわけねーよな！」

大声《おおごえ》で言《い》って、胸《むね》をそらすリツくん。

「えっ？　カ、カノジョって……」

それは、いったんお別《わか》れってことになったはずじゃ……？

アタフタするわたしの頭《あたま》を、リツくんはポンと軽《かる》くなでる。

「ありがとな。お礼《れい》に、魔法《まほう》を見《み》せてやるよ」

「へっ、魔法《まほう》？」

「ああ。音楽《おんがく》は、人《ひと》に魔法《まほう》をかけることができるんだぜ？」

いつものリツくんらしい笑顔《えがお》でそう宣言《せんげん》したとき、ちょうどモリノさんがもどってきた。

「リツくん、そろそろスタンバイ！」

リツくんは「ウッス！」と元気《げんき》よく返事《へんじ》をして、赤《あか》いエレキギター、ギタ郎《ろう》を肩《かた》にかつぐ。

キリッと引《ひ》きしまった表情《ひょうじょう》だけど、やっぱりすこし、緊張《きんちょう》してるみたい。

「じゃーな、行《い》ってくるぜ！」

フゥと大《おお》きく息《いき》をついて、背中《せなか》をむけるリツくん。

コツコツとブーツの足音《あしおと》を響《ひび》かせながら、廊下《ろうか》へ出《で》ようとした——そのときだった。

「——おっと、忘《わす》れもの！」

急《きゅう》に身《み》をひるがえして駆《か》け戻《もど》ってきたかと思《おも》うと。

「あっ——」

だれかの声《こえ》が聞《き》こえた瞬間《しゅんかん》、ほおにあたった、やわらかい感触《かんしょく》。

（えっ……？）

その直後《ちょくご》、超至近距離《ちょうしきんきょり》で、リツくんと目《め》があう。

(な、な…………っ！)

「エネルギーチャージ」

八重歯《やえば》を見《み》せて、いたずらっぽく笑《わら》うリツくん。

(も、もしかして**今《いま》…………**)

ほっぺにキ、キス、された⁉

「ちょっ……！」

真《ま》っ赤《か》になって両手《りょうて》でほおを押《お》さえるわたしと、うしろで声《こえ》にならないさけびを上《あ》げる男子《だんし》たち。

そんなわたしたちをのこし、リツくんはさっそうと部屋《へや》をとびだしていった。


予定《よてい》どおりの午後《ごご》七時《じ》、スタボの生放送《なまほうそう》がはじまった。

わたしたちは観客席《かんきゃくせき》に移動《いどう》して、そこからステージを見守《みまも》る。

司会《しかい》の人《ひと》のあいさつや、審査員《しんさいん》の紹介《しょうかい》、採点方法《さいてんほうほう》などの説明《せつめい》。

そのあとはいよいよ、参加者《さんかしゃ》たちのアピールタイムだ。

最終審査《さいしゅうしんさ》にのこったのは、**七人《にん》**。

個性《こせい》あふれる参加者《さんかしゃ》ひとりひとりが、力《ちから》のこもったパフォーマンスでステージをかざっていって……。

『――それでは、つづいて、**RITSU《リツ》のパフォーマンスです！**』

司会《しかい》のアナウンスが響《ひび》くと、会場《かいじょう》がワッと沸《わ》いた。

リツくんが姿《すがた》をあらわした瞬間《しゅんかん》、歓声《かんせい》はさらに大《おお》きくなる。

リツくんはゆっくりとステージの中央《ちゅうおう》に立《た》ち、手《て》に持《も》っていたギターを、そっとかたわらのスタンドに立《た》てかけた。

『……えー、まずはちょっと、みなさんにおわびしたいことがあります』

リツくんはスタンドマイクの前《まえ》に立《た》って、話《はな》しだす。

『じつは今日《きょう》、のどの調子《ちょうし》が悪《わる》くて。ほんとは歌《うた》う予定《よてい》だったんだけど、**歌《うた》えません**。でも……

そのかわりに、この動画《どうが》を見《み》てほしいです！』

ざわつく会場《かいじょう》。

だけど、ステージのうしろにある大《おお》きなモニターに映像《えいぞう》が流《なが》れはじめると、ざわめきは波《なみ》がひくようにしずかになる。

一生懸命《いっしょうけんめい》にギターを弾《ひ》くリツくんや、真剣《しんけん》に歌《うた》うリツくん。

いろんなリツくんの姿《すがた》とともに、彼《かれ》の歌声《うたごえ》が会場《かいじょう》に響《ひび》きわたる。

（わたしたちがつくった動画《どうが》を、みんな見《み》てくれてる……！）

ドキドキと心臓《しんぞう》の音《おと》がはやくなる。

リツくんの音楽《おんがく》が、音楽《おんがく》への愛《あい》が、みんなに届《とど》いてほしい。

そんな想《おも》いをこめながら、ぎゅっと、つよく手《て》をにぎっていると——。


『——あー！　だめだ、**やっぱ我慢《がまん》できねーっ！**』


リツくんがとつぜんさけんだ。

（えっ……？）

ざわつく客席《きゃくせき》はおかまいなしで、かたわらに置《お》いたギターをバッと持《も》ち上《あ》げて。

もう片方《かたほう》の手《て》で、マイクをつかむ。

『正直《しょうじき》、**のどの調子《ちょうし》は最悪《さいあく》だ！**　聞《き》き苦《ぐる》しいところもあるかもしれねー。でも、仲間《なかま》がオレのためにつくってくれた、こんな愛《あい》のこもった動画《どうが》見《み》せられたらよォ……**歌《うた》わずにはいられねーだろ！**』

ステージの中央《ちゅうおう》に立《た》ち、真《ま》っ赤《か》なエレキギターをかまえて。

『サイコーの仲間《なかま》と愛《あい》するキミに、この曲《きょく》を贈《おく》るぜ！』

キュイ――――ン！

天《てん》を衝《つ》くような高《たか》い音《おと》に、会場《かいじょう》の空気《くうき》が一変《いっぺん》した。

弦《げん》の上《うえ》を走《はし》る指《ゆび》。

気持《きも》ちよくとびはねるリズム。

映像《えいぞう》から流《なが》れる音楽《おんがく》にぴたりと重《かさ》ねて――リツくんが歌《うた》いだす。

オオオオオオオ！

地鳴《じな》りのような歓声《かんせい》が、会場《かいじょう》を支配《しはい》した。

それに負《ま》けじと歌声《うたごえ》に力《ちから》がこもっていく。

リツくんが言《い》うように、けっして本調子《ほんちょうし》じゃない。

いつものびやかに響《ひび》くハスキーボイスが、ときどきつまったり、出《だ》しにくそうだったりして。

だけど——。

魂《たましい》をこめてさけぶその声《こえ》は、会場《かいじょう》のエネルギーと共鳴《きょうめい》し、大《おお》きなうねりを生《う》みだしていく。

（すごい……！）

気《き》づけば、わたしもさけんでいた。

いろんな悩《なや》みとか、不安《ふあん》とか……肩《かた》にのしかかっていたものすべてが、**この渦《うず》に巻《ま》きあげられて消《き》え去《さ》っていく感覚《かんかく》。**

自分《じぶん》がこの音楽《おんがく》の一部《いちぶ》になっている実感《じっかん》が、たしかにあって。
――音楽《おんがく》は、人《ひと》に魔法《まほう》をかけることができるんだぜ？
リツくんの言葉《ことば》がよみがえる。
（本当《ほんとう》に、魔法《まほう》みたい……！）
音楽《おんがく》って……。
音楽《おんがく》って、すごい！

『みんなありがとう！　愛《あい》してるぜ――――ッ！』

ステージの中央《ちゅうおう》。
まばゆいライトを浴《あ》びて、こぶしをつきあげるリツくんのシルエットは――。
まるで、地上《ちじょう》におり立《た》った、神様《かみさま》みたいだった。

20　ライバル宣言《せんげん》！

「イエーイ！　これでオレ様《さま》も正真正銘《しょうしんしょうめい》の**芸能人《げいのうじん》**だ！　サインもらうなら今《いま》のうちだぜー？」

控《ひか》え室《しつ》にもどってくるなり、リツくんは鼻高々《はなたかだか》に笑《わら》った。

オーディション最終審査《さいしゅうしんさ》は、先《さき》ほど終《お》わったばかり。

リツくんはなんと、結果発表《けっかはっぴょう》で**堂々《どうどう》の一位《い》**にかがやいたんだ！

有名事務所《ゆうめいじむしょ》に所属《しょぞく》することが決《き》まって、これからメジャーデビューにむけて大忙《おおいそが》しなんだって。

「本当《ほんとう》にすごかったよ、リツくん！」

「だろ？　**オレ様《さま》に不可能《ふかのう》はねーんだよ**」

タオルで汗《あせ》をふきながら、ニシシと笑《わら》うリツくん。

まだ興奮《こうふん》さめやらぬ様子《ようす》で、ケイのほうを見《み》る。

「どうだ、**音楽《おんがく》はスゲーだろ？**」

話《はなし》をふられたケイは、口《くち》をへの字《じ》に曲《ま》げて顔《かお》をしかめる。

「べつに……まぁ、なんていうか……」

目《め》をそらして、ごにょごにょと口《くち》ごもるケイ。

（……もう、あいかわらず、**すなおじゃないんだから**）

わたしは知《し》ってるんだ。

さっき、リツくんがステージで歌《うた》っていたとき。大《おお》きな歓声《かんせい》につつまれる会場《かいじょう》の中《なか》で、ケイもひっそりと、でもたしかに、こぶしをにぎってステージを見《み》つめていたこと。

そのときのケイの目《め》は、まわりのみんなと同《おな》じくらい、キラキラと熱《あつ》くかがやいていたこと。

……言《い》ったら怒《おこ》りそうだから、言《い》わないけどね。

「なんだよ、『まいりました』って言《い》う約束《やくそく》だったろ？」

「そんな約束《やくそく》してない」

「でもおまえが感動《かんどう》して泣《な》いてるとこ、ちゃんと見《み》えてたぜ？　**二階《かい》の最後列《さいこうれつ》、右《みぎ》から三番目《ばんめ》！**

まどちとカンジの間《あいだ》！」

「なっ……ステージから三十メートルはあったぞ？　視力《しりょく》いくつだおまえ⁉　だいたい、オレは断《だん》じて泣《な》いてなんか……」

「ほら、オレ様《さま》のあとにつづいて言《い》ってみろ。**『リツ様《さま》は天才《てんさい》です。算数《さんすう》より音楽《おんがく》のほうがイケてまーす』**」

「調子《ちょうし》に乗《の》るな！　**ぜったい言《い》わないからな！**」

ギャーギャーと言《い》いあうリツくんとケイ。

だけど、ふたりの間《あいだ》に、前《まえ》のようなピリピリした空気《くうき》はなくて。

ケンカっていうよりは……ネコちゃんとワンコがじゃれあってるみたいな感《かん》じ？

にぎやかな様子《ようす》を、なんだかうれしくなって見《み》ていたら。

「まーまー、とにかく今《いま》は祝《いわ》おうぜ！」

レキくんが明《あか》るく言《い》いながら、ふたりの肩《かた》をたたく。

「**リツのデビューが決《き》まった**ことも、**仲間《なかま》が増《ふ》えた**ことも、**うれしい**いじゃん？」

レキくんの言葉《ことば》を受《う》けて、まわりにいる男子《だんし》たちも笑顔《えがお》でうなずく。

「リッちゃんおもしろいしね～」

「ええ、『天馬空《てんばくう》を行《い》く』という感《かん》じで」

『あらためて歓迎《かんげい》するよ、リツ』

「おー、サンキューサンキュー！」

握手《あくしゅ》をかわすみんなの横《よこ》で、ケイがフンと鼻《はな》をならす。

「いや、オレはこいつを仲間《なかま》とはみとめん」

むんずと腕組《うでぐ》みをして、顔《かお》を横《よこ》にむけるケイ。

(もー、ケイってば。また意地《いじ》はって)

本当《ほんとう》はもう、とっくにリツくんのことみとめてるくせに。

あきれながら見《み》ていると、ケイは顔《かお》をそむけたままつづける。

「おまえの勝手《かって》な言動《げんどう》には迷惑《めいわく》してるし、科目男子同士《かもくだんしどうし》だからって仲《なか》よくする必要《ひつよう》があるとも思《おも》わない。ただ………『**敵**《てき》』**だと思**《おも》**ってるわけでもない**」

ケイは一度《いちど》言葉《ことば》を切《き》って、リツくんのほうをむく。

その目《め》をまっすぐ、そらすことなく見《み》つめて。


「**おまえはオレの——ライバルだ**」


ニッと口《くち》の端《はし》を上《あ》げるケイ。

リツくんは一瞬《いっしゅん》きょとんとしたあと、ぱあっと笑顔《えがお》になる。

「おー、**いいなそれ！**　オレもそっちのほうがしっくりくるぜ。集団行動《しゅうだんこうどう》っつーの？　人《ひと》に合《あ》わせたりすんのは得意《とくい》じゃねーし」

言《い》いながら、リツくんはケイにむかって片手《かたて》をさしだす。

「ライバルとしてよろしくな、サンノスケ！」

「だから**オレはサンノスケじゃない！**」

「ほい、**握手《あくしゅ》～**」

「おいっ、勝手《かって》ににぎるな！　はなせ！」

もはやおなじみになりつつある、漫才《まんざい》みたいなやり取《と》りをしたあと。

ふいに、リツくんがまじめな表情《ひょうじょう》になった。

「つとまあ、フザけんのはこのへんにして……**ちゃんとケジメはつけさせてくれ**」

あらたまったようにわたしたちのほうを見《み》て、姿勢《しせい》を正《ただ》すと。

両手《りょうて》を体《からだ》の横《よこ》にそろえて、ビシッと頭《あたま》を下《さ》げる。

「**今日《きょう》はありがとう！**」

リツくんは深《ふか》く腰《こし》を折《お》ったまま、言葉《ことば》をつづける。

「オレ、ひとりでなんでもできると思《おも》ってた。けど、今日一《きょう》位《い》をとれたのは、まちがいなくみん

なが助《たす》けてくれたからだ。みんなの想《おも》いが背中《せなか》を押《お》してくれた。ひとりだったら……歌《うた》えてなかった」

ゆっくりと顔《かお》を上《あ》げるリツくん。

真剣《しんけん》な表情《ひょうじょう》で、わたしたちひとりひとりと目《め》をあわせていく。

そのまっすぐな目《め》に、じわっと胸《むね》が熱《あつ》くなる。

「まどち、ケイ、カンジ、ヒカル、レキ、エイト。**この恩《おん》は一生忘《いっしょうわす》れねー…………が！**」

……が？

「まどちのパートナーの座《ざ》は、ぜってーゆずらないぜ！」

「へっ？」

ぽかんとするわたしの肩《かた》をひきよせるリツくん。

勝《か》ちほこったような顔《かお》で、ほかの男子《だんし》たちを見下《みお》ろす。

「まー、今《いま》のとこオレ様《さま》が圧倒的《あっとうてき》リード中《ちゅう》だけどな？　なにせオレ様《さま》には、まどちの『**初《はつ》カレ**』で『**元《もと》カレ**』という肩書《かたが》きが……」

『**その話《はなし》はむこうで聞《き》こうか、リツ**』

にこりと笑《わら》ってガシッとリツくんの肩《かた》をつかんだのは、エイトくん。

いつもの上品《じょうひん》な笑顔《えがお》なのに、なんだか目《め》がぜんぜん笑《わら》ってない気《き》が……。

なんて思《おも》って見《み》てたら、ほかの男子《だんし》たちも続々《ぞくぞく》とリツくんをとりかこむ。

「僕《ぼく》たち、リッちゃんには聞《き》きたいことがいっぱいあるんだよね」

「ええ。ゆっくりじっくり、ひとつずつ聞《き》かせていただきましょう」

「はいはーい、リツくんはこっちへど～ぞ～」

「な、なんだおまえら！　**はなせ～～っ！**」

引《ひ》きずられるように部屋《へや》のすみっこへつれていかれるリツくん。

じたばたしながら、「あのなー！」と必死《ひっし》にさけぶ。

「**気《き》をつけろよ！**　オレ様《さま》になんかしたら、まどちに影響出《えいきょうで》るかもしれねーぞ！」

ん？　と表情《ひょうじょう》を変《か》える男子《だんし》たち。

リツくんはぜーぜー肩《かた》で息《いき》をしながら、ニッと笑《え》みを浮《う》かべる。

「なんせオレ様《さま》とまどちは一心同体《いっしんどうたい》！　『**へとへとメーター**』という絆《きずな》で結《むす》ばれてるからな！」

21　あらたなナゾと、これから

「――なんでそんな大事《だいじ》なことをだまってたんだ！」

五人《にん》の男子《だんし》たちにへとへとメーターのことを話《はな》したら、思《おも》ったとおり、ケイにめちゃ怒《おこ》られた。

「ご、ごめんってば……」

あやまりながら、ポリポリ頭《あたま》をかく。

リツくんがみんなにはナイショって言《い》ったからだまってたのに、本人《ほんにん》がばらしちゃうとは……。

「ごめんな」って苦笑《にがわら》いであやまってくるリツくん。

わたしは「大丈夫《だいじょうぶ》」って、首《くび》を横《よこ》にふる。

正直《しょうじき》、ホッとしてるんだ。

みんなにずっとナイショにしてるのは気《き》が重《おも》かったし、いずれ、**ぜったい話《はな》さなきゃ**って思《おも》ってたから。

「つまり、リツには俺《おれ》たちのような寿命《じゅみょう》のカウントダウンはないかわりに、そのメーターが減《へ》ることで、声《こえ》をうしなうなど、マイナスの影響《えいきょう》を受《う》けてしまうということですね」

話《はなし》を整理《せいり》しながら、むずかしい表情《ひょうじょう》でうつむくカンジくん。

レキくんとエイトくん、ヒカルくんも真剣《しんけん》に話《はな》しあう。

「まるちゃんにも見《み》えるってのが、こわいよなぁ。もしかしたら今後《こんご》、まるちゃんのなにかしらに影響《えいきょう》が出《で》てしまう可能性《かのうせい》もあるってことだろ？」

『ああ、とにかく軽視《けいし》することはできないね』

「ぜったいにゼロにはならないように、気《き》をつけないとだね」

みんなの表情《ひょうじょう》から、あらためて「大変《たいへん》なことになっちゃったな」と実感《じっかん》する。

リツくんの登場《とうじょう》とともにあらわれた、へとへとメーター。

まだまだナゾが多《おお》いし、わからないことだらけで……。

「とはいえ、やらなきゃいけないことは変《か》わらない」

ケイが言《い》った。

「寿命《じゅみょう》のピンチを避《さ》けるため、そして本物《ほんもの》の人間《にんげん》になるために引《ひ》きつづき満点《まんてん》をめざすのが第《だい》一目標《もくひょう》。ただし、へとへとメーターが減《へ》りすぎないよう、慎重《しんちょう》にバランスを取《と》りながらスケジュールを組《く》むこととする……それでいいな？」

ケイがまとめると、みんなこくりとうなずいた。

わたしも、ちょっぴり体《からだ》をかたくして、うなずく。

（これからは、もっと、いろんなことに気《き》をつけないといけないんだ……）

ただ勉強《べんきょう》をがんばって満点《まんてん》をめざすだけじゃなく、つかれすぎないようにも気《き》をつける。

じゃないと、今回《こんかい》みたいに、リツくんに悪《わる》いことが起《お》きちゃうかもしれないんだもんね。

あらためて、**気《き》を引《ひ》きしめなきゃ……！**

「まー、そんなむずかしく考《かんが》えることないんじゃね？」

まじめな空気《くうき》をふきとばすように、リツくんが明《あか》るい声《こえ》で言《い》った。

「**解決策**《かいけつさく》はちゃんとあるわけだし！」

「えっ、解決策《かいけつさく》？」

きょとんと首《くび》をかたむけると、リツくんはわたしの横《よこ》に歩《あゆ》みよって……。

「やっぱ、オレ様《さま》ともう一回《いっかい》付《つ》き合《あ》おうぜ、まどち！」

「ええっ!?」

肩《かた》を組《く》まれて、おもわずのけぞる。

付《つ》き合《あ》う!? な、なんでそうなるの!?

「オレはまどちといると**マジで幸《しあわ》せ！** いい曲《きょく》バンバンできちゃうし！ オレ様《さま》の音楽《おんがく》で、まどちの心《こころ》をいやしつづければいいわけじゃん？」

イエーイとピースするリツくん。

だけど男子《だんし》たちは笑顔《えがお》の彼《かれ》とは逆《ぎゃく》に、バキッとかたい表情《ひょうじょう》で、ずいっとリツくんにつめよる。

「キミがまどかさんを好《す》きだという気持《きも》ちはよくわかりました。しかし**恋愛《れんあい》とは、ひとりでするものではないですよ**」

『ああ。仮《かり》にマドカがだれかと付《つ》き合《あ》うなら、**「マドカが本気《ほんき》で好《す》きな相手《あいて》」**であるべきだよね』

「だいたいな、まるちゃんがリツに恋《こい》してるなんて、一度《いちど》も聞《き》いたことないぞ！」

カンジくん、エイトくん、レキくんの言葉《ことば》を受《う》けて、リツくんは、きょとんと不思議《ふしぎ》そうな顔《かお》をする。

「え、なんで？ オレ様《さま》のこと好《す》きにならない女《おんな》なんて、いるわけねーじゃん」

本気《ほんき》でわからないって表情《ひょうじょう》。

（わ、わぁ、**すごい自信《じしん》……**）

さすがリツくんというか、なんというか……。

「と、とにかく！　**その話《はなし》はおしまい！**」

必死《ひっし》に両手《りょうて》をじたばたさせてリツくんと距離《きょり》をとり、はーはー息《いき》を整《ととの》える。

前《まえ》にも、「男子《だんし》たちを本物《ほんもの》の人間《にんげん》にする方法《ほうほう》は、だれかと恋《こい》をすること」って可能性《かのうせい》が出《で》て、真剣《しんけん》に「恋《こい》」について考《かんが》えたことがあったんだ。

だけどけっきょく、わたしにはよくわからなくて……いったん保留《ほりゅう》ってことにしたの。

だれかひとりしか本物《ほんもの》の人間《にんげん》になれないなら意味《いみ》ないし、それ以外《いがい》の方法《ほうほう》をさがそう、って。

そうそう。そうだよ。そう決《き》めたもんね！

「**へとへとメーターを気《き》にしつつ勉強《べんきょう》がんばります！**　以上《いじょう》！」

強制的《きょうせいてき》に話《はなし》を終《お》わらせて視線《しせん》をうごかしたとき――パチッと、ケイと目《め》があった。

（っ……）

その瞬間《しゅんかん》、なぜだか急《きゅう》に、鼓動《こどう》のリズムが乱《みだ》れはじめる。

どうしたらいいかわからなくて、あわてて顔《かお》をそらすことしかできない。

（もう、なんなの、これ……）

リツくんが「付《つ》き合《あ》う」とか「恋《こい》」とか、そういう話《はなし》ばっかりするせいだ。

どれだけ言《い》われても慣《な》れなくて、ドキドキしちゃうし。

それに……そういうとき……**ケイは、いつも無反応《むはんのう》で……**。

（……だからなんだってわけでも、ないけどさ………）

ドキドキの中《なか》にかくれたちいさな「チクン」には気《き》づかないふりをしながら、動揺《どうよう》する心《こころ》を、必死《ひっし》に落《お》ちつけていると。

「にしてもよー、**『テストの点数《てんすう》で寿命《じゅみょう》が決《き》まる』**って、意味《いみ》わかんなくね？」

また、リツくんが口《くち》をひらいた。

「高《たか》い点《てん》とらなきゃ死《し》ぬとか、満点《まんてん》とらなきゃいけねーとかさー。んで点数《てんすう》のために必死《ひっし》で勉強《べんきょう》してつかれたら、今度《こんど》はへとへとメーターが減《へ》っちまうんだろ？　**神様《かみさま》ってのはいったい、まどちをどうしたいんだよ？**」

リツくんが不満《ふまん》げにこぼした疑問《ぎもん》について、うーんと考《かんが》える。

たしかに……どうしてこんな状況《じょうきょう》になってるのか、不思議《ふしぎ》なんだよね。

教科書《きょうかしょ》を捨《す》てるほど勉強《べんきょう》がいやになってたわたしが、みんなのおかげで勉強《べんきょう》を「楽《たの》しい」って思《おも》えるようになってきて。

そのタイミングで、男子《だんし》たちの寿命《じゅみょう》のカウントダウンは、いったん止《と》まったんだ。

だから、科目男子《かもくだんし》が存在《そんざい》しつづけるためには、「わたしが勉強《べんきょう》に前《まえ》むきな気持《きも》ちでむきあうこと」が必要《ひつよう》なのかもって思《おも》ったの。

テストや成績《せいせき》のことばかり気《き》にするんじゃなくて、楽《たの》しみながら学《まな》ぶことが大切《たいせつ》なんだなって。

それなのに、また点数《てんすう》を追求《ついきゅう》しなきゃいけない状況《じょうきょう》に逆戻《ぎゃくもど》りしたのは……**なんで？**

その上《うえ》、へとへとメーターっていう新《あたら》しい縛《しば》りのようなものまで出《で》てきて。

神様《かみさま》は、わたしに勉強《べんきょう》をさせたいのか、させたくないのか………？

「……リツくんとケイたち五人《にん》のちがいって、なんなんだろう？」

わたしがぽつりとつぶやくと、ケイが「ああ」と反応《はんのう》する。

「それは今後《こんご》さぐっていく必要《ひつよう》があるな。リツは科目男子《かもくだんし》でありながら、寿命《じゅみょう》のカウントダウンがない。へとへとメーターがあるとはいえ、現状《げんじょう》リツは、オレたちよりも『本物《ほんもの》の人間《にんげん》』に近《ちか》いと言《い》えるだろう」

「リツと、俺《おれ》たちとのちがい……」

カンジくんがあごに手《て》を当《あ》ててうつむく。

「そこがわかれば、**このカウントダウンを止《と》められるかもしれませんね**」

……たしかに。

リツくんとみんなとのちがい――そこに、なにか新《あたら》しいヒントがかくれてるかもしれない。

もし、寿命《じゅみょう》のカウントダウンを止《と》めることができたら。

テストで百点《てん》をとる以外《いがい》にも、**本物《ほんもの》の人間《にんげん》に近《ちか》づく方法《ほうほう》**があるのなら……。

真剣《しんけん》な表情《ひょうじょう》で考《かん》えこむわたしたち。

その横《よこ》にいるリツくんは、ひとりあっけらかんと笑《わら》いながら、頭《あたま》のうしろで手《て》を組《く》む。

「まー、オレ様《さま》のカンだと、今《いま》のおまえらのままじゃ確実《かくじつ》にダメだと思《おも》うけどなー」

なにげない口調《くちょう》で言《い》うリツくん。

だけどその瞳《ひとみ》は鋭《するど》く、なにかわたしたちには見《み》えてないものを見《み》ぬいているようだった。

「ダメという根拠《こんきょ》はなんだ」

ケイがつめよる。

「コンキョなんてねーよ。カンなんだから」

「また、おまえはいい加減《かげん》なことを……」

あきれたように口《くち》をとがらせるケイ。

リツくんはニッと笑《え》みを浮《う》かべ、ポケットに手《て》をつっこむ。

「まー、オレ様《さま》じゃなく、**ほかのヤツ**の話《はなし》も聞《き》いてみれば？」

「ほかのヤツ？」

って？

わたしは目《め》をまたたかせながら、五人《にん》の男子《だんし》たちのほうを見《み》た。

でも五人《にん》も同《おな》じように不思議《ふしぎ》そうな表情《ひょうじょう》で、おたがいに顔《かお》を見《み》あわせている。

（ほかのヤツ…………？）

首《くび》をかしげていると、ふいに、ケイがハッとしたように目《め》を見《み》ひらいた。

「もしかして……リツひとりとは、かぎらないってことか……？」

えっ……!?

（それって……）

ケイはリツくんの目《め》をじっと見《み》たあと、神妙《しんみょう》な表情《ひょうじょう》で口《くち》をひらいた。

「――あらたな科目男子《かもくだんし》は、すでにオレたちの近《ちか》くにいるのかもしれないぞ」

あとがき

こんにちは、一ノ瀬三葉《いちのせみよ》です！

『時間割男子《じかんわりだんし》』、とうとう十五巻《かん》めをむかえました！

一巻《かん》からずっと読《よ》んでくれているあなたも、はじめて手《て》にとってくれたあなたも、み――んな、どうもありがとう！　この場《ば》をかりて、心《こころ》からの感謝《かんしゃ》をおつたえさせてください！

そして！　今回《こんかい》、ついに………。

あらたな科目男子《かもくだんし》が登場《とうじょう》しましたよ〜〜っ！

じつは、「五科目《かもく》（算国理社英《さんこくりしゃえい》）以外《いがい》の科目男子《かもくだんし》もいつか出《だ》したいですね！」というのは、けっこう前《まえ》から担当《たんとう》さんとお話《はな》しして、ひそかに盛《も》り上《あ》がっていたんです（笑《わらい》）。

とはいえ、物語《ものがたり》のながれを無視《むし》していきなり登場《とうじょう》させるわけにもいかないので、こっそりキャラクター設定《せってい》を考《かんが》えつつ、ずっとタイミングを見《み》はからっていました。

ようやくみなさんにおひろめできて、す〜っごくうれしいです!!

あたらしい仲間《なかま》「音楽《おんがく》リツくん」、どうでしたか？

元気《げんき》いっぱい、自信《じしん》たっぷりのオレ様男子《さまだんし》！　リツくんの登場《とうじょう》によって、新学期《しんがっき》のスタートにふさわしい、にぎやかで勢《いきお》いのある物語《ものがたり》になったんじゃないかと思《おも》います！

リツくんのかっこいいシーンはもちろん、ライバル登場《とうじょう》にちょっとあせってる（？）ケイたち五人《にん》の男子《だんし》の姿《すがた》にも、注目《ちゅうもく》してみてくださいね。


そしてそして！　じつはこの十五巻《かん》、私《わたし》が作家《さっか》デビューをしてから「時間割男子《じかんわりだんし》」シリーズがはじまる前《まえ》までに書《か》いた物語《ものがたり》たちの要素《ようそ》が、ちょこちょこと入《はい》っているんです。

動画編集《どうがへんしゅう》ソフトをつかうシーンや、「パソコンやスマホのアプリをつかって作曲《さっきょく》する人《ひと》もいる」という話《はなし》は、音楽動画《おんがくどうが》の投稿《とうこう》をするグループが主役《しゅやく》の物語《ものがたり》、『ソライロ♪プロジェクト』から。

テレビ局《きょく》のシーンでは、とつぜんテレビ番組《ばんぐみ》のリポーターをすることになった女《おんな》の子《こ》が主人公《しゅじんこう》の、『トツゲキ!?　地獄《じごく》ちゃんねる』であつめた資料《しりょう》をひっぱりだしてきて、当時《とうじ》を思《おも》い出《だ》しながら書《か》いていました！

どちらも角川《かどかわ》つばさ文庫《ぶんこ》から出《で》ている本《ほん》なので、気《き》になったらぜひチェックしてね♪

さて！
ケイの最後《さいご》のセリフを読《よ》んで、ピンときた人《ひと》もいるかもしれませんが……。
このあとの十六巻《かん》でも、また、あらたな出会《であ》いが待《ま》っている………かも!?
ぜったい、ぜーったい楽《たの》しいお話《はなし》になっているので、発売《はつばい》までもうすこし待《ま》っててね！
ではでは、また次《つぎ》の物語《ものがたり》でお会《あ》いしましょう☆

キャラクター図《ず》鑑《かん》

名前《なまえ》

音楽《おんがく》リツ▶

好《す》きな食《た》べ物《もの》

エビフライ

好《す》きな色《いろ》

金色《きんいろ》

学校《がっこう》の好《す》きな場所《ばしょ》

屋上《おくじょう》

音楽《おんがく》の
教科書《きょうかしょ》から生《う》まれた
科目男子《かもくだんし》!

ひみつを1つ教《おし》えて!

オレ様《さま》ってスゲー最強《さいきょう》なんだけど、
オバケだけはマジで無理《むり》!
エイトが怪談話《かいだんばなし》とかしそうになったら
ダッシュで逃《に》げてる! これナイショな!?

次《じ》回《かい》予《よ》告《こく》

あらたな科目男子《かもくだんし》が、すでに
オレたちの近《ちか》くにいるのかもしれない。

算数《さんすう》

（それって……）

円《まどか》

寿命《じゅみょう》のカウントダウンを止《と》める
方法《ほうほう》がわかるかもしれませんね。

国語《こくご》

それはそうと、
もうすぐ"あの行事《ぎょうじ》"の季節《きせつ》だね。

理科《りか》

『オレははじめて一緒《いっしょ》に
参加《さんか》するから、楽《たの》しみだな』

イングリッシュ

よ〜し、はじまるぜ。——運動会《うんどうかい》!!

社会《しゃかい》

させるわ、爆発《ばくはつ》!?

二度《ど》目《め》の運動会《うんどうかい》は、
創作《そうさく》ダンスで自己表現《じこひょうげん》！

そして優《ゆう》ちゃんが
まさかの決断《けつだん》……!?

時間割男子《じかんわりだんし》⑯をおたのしみに！

＊一ノ瀬三葉先生《いちのせみよせんせい》へのお手紙《てがみ》は、角川《かどかわ》つばさ文庫編集部《ぶんこへんしゅうぶ》に送《おく》ってね！

〒102-8177　東京都千代田区富士見2-13-3
株式会社KADOKAWA　角川つばさ文庫編集部　一ノ瀬三葉先生係

一ノ瀬三葉／作
おうし座のO型。神奈川県在住。2016年、『トツゲキ!?　地獄ちゃんねる』で第４回角川つばさ文庫小説賞一般部門大賞を受賞し、デビュー。主な作品に「ソライロ♪プロジェクト」シリーズ、「時間割男子」シリーズ（ともに角川つばさ文庫）、「ふたごの恋の事情」シリーズ（集英社みらい文庫）などがある。梅ぼしは赤しそ派。公式サイトは https://ichinosemiyo.com

榎 のと／絵
漫画家、イラストレーター。

参考資料：『NEW HORIZON Elementary　English Course 5』（東京書籍）
『NEW HORIZON Elementary　English Course 6』（東京書籍）

角川《かどかわ》つばさ文庫《ぶんこ》
時《じ》間《かん》割《わり》男《だん》子《し》⑮
あらたなる男子《だんし》、音楽《おんがく》くん!?
作《さく》　一《いち》ノ《の》瀬《せ》三《み》葉《よ》
絵《え》　榎《えのき》のと

2024年12月11日　初版発行
2025年４月５日　４版発行

発行者　山下直久
発　行　株式会社KADOKAWA
〒102-8177　東京都千代田区富士見 2-13-3
電話　0570-002-301（ナビダイヤル）
印　刷　株式会社KADOKAWA
製　本　株式会社KADOKAWA
装　丁　ムシカゴグラフィクス

ISBN978-4-04-632343-9　C8293　N.D.C.913　231p　18cm

読者のみなさまからのお便りをお待ちしています。下のあて先まで送ってね。
いただいたお便りは、編集部から著者へおわたしいたします。
〒102-8177　東京都千代田区富士見 2-13-3　角川つばさ文庫編集部